榊原紘

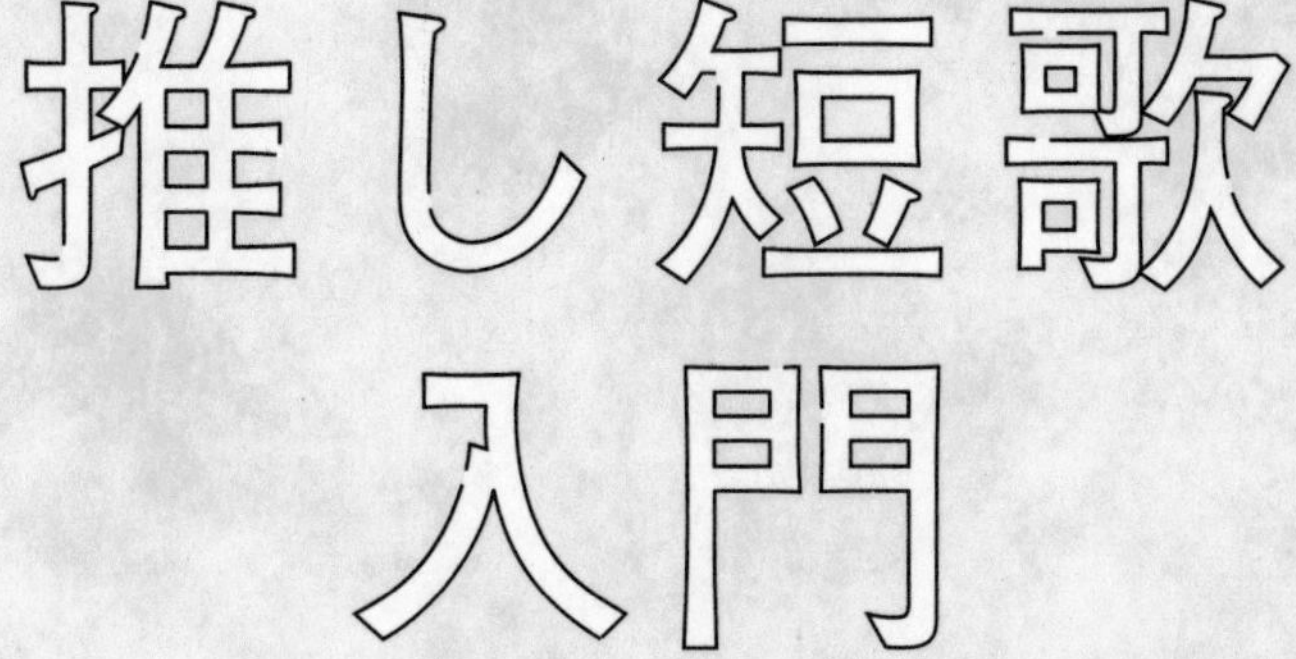

How to Compose Oshi-Tanka

Hiro Sakakibara

左右社

榊原紘

推し短歌入門

How to Compose Oshi-Tanka

Hiro Sakakibara

左右社

推し短歌入門

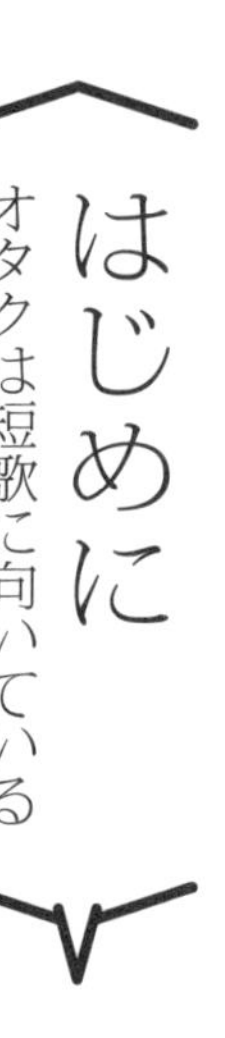

はじめに オタクは短歌に向いている

いきなりですが、想像してみてください。

アニメでも漫画でもいいのですが、三浦春陽（みうらはるひ）と二宮夏樹（にのみやなつき）という架空のキャラクターがいるとしましょう。

春陽が夏樹の意見に対して、何かを言います。すると、夏樹はこう返しました。

「春陽もそんなこと言うんだね」。

ここで、**「も」**に違和感を覚えた人は冴えています。夏樹は**「他の誰か」**を想像しているようです。さらに、夏樹は春陽のことを前回まで**名字**（「三浦」）で呼んでいたとしたらどうでしょうか。今回は名前で呼んでいますね。名前で呼ぶなんて、二人の間に**何か変化があったんだ！**と思うのではないでしょうか。

一字や一単語で騒げる能力。それは、オタクにはとても大切なものです。

そして、短歌においても。

「短歌って……五七五……七七？」とぼんやり考えているあなた、大丈夫です。少しずつ分かってきます。


この本は**「推しへの気持ちをフックに短歌を作ってみよう」**がテーマの、いわゆる「短歌の入門書」ですが、私は「無理に短歌を作らなくてもいい」とも思っています。

何かを成し遂げるときに、そこに「愛」を見ると危ないことがあります。「〇〇が好き。この気持ちをエネルギーにして頑張るぞ」と自分で思っているだけだったらまだよいのですが、「好きだったら△△できるはずだ」「〜しない人は愛が足りない」……。そういうことを自分や他人に向け始めると、うまくいきませんし、されたほうもいい気持ちではありません。

アニメを観たり漫画を読んだりしているときに、自分は消費するだけで何も生み出せないんだと落ち込む必要もありません。別に何もしなくてもいいじゃありませんか。

けれど、**「そうじゃない、何かしたいんだ！　でもやり方が分からないんだ！」**と思うなら、「何か」の選択肢の中に短歌を入れてみてはどうでしょうか？

この本はそんなあなたのための短歌入門なのです。

「短歌ってなんだか〝雅〟で難しそう」「センスないんだよな」……そう考えているあなたも、大丈夫です。「才能」の物語は私も大好きです。短歌の世界にも確かにセンスや才能は存在します。

それでも、短歌では技術の習得や修錬で得られるものがたくさんあります。センスや才能に見えているもののほとんどは、読書量や歌会の積み重ねといった経験からくるものです。**センスがどうの、と言う前に、一緒にやってみませんか。**「才能は開花させるもの、センスは磨くもの」（古舘春一『ハイキュー!!』十七巻、集英社）なのですから。

そして、**オタクは必ず短歌がうまくなります。**必ずです。私が保証します。一字や一単語で大騒ぎすることができ、「推し」が笑ったり、あるいは黙り込んだりするだけで心が震えるその感受性で……短歌をやってみませんか？

何かを創作したいのに踏み出せない、短歌に興味があるけど何から手をつけていいのか分からない、誇張した表現ばかり使ってしまって楽しいのになぜか疲れている。気がつけば「推しの脚が5メートルある」とか、「美術館が実家（のような美しい顔）」とか言っている（私が実際に発言したことのある、オタク特有の誇張です。友人には「美術品の実家は美術館じゃなくて美術家のアトリエだよ」と言われました）。

冷静になってほしいのですが、実際には、推しの脚は5メートルないのです。こうした誇張はときに非常に楽しく、冷静さを欠くことそのものが、爆発的な創造力を連れてくることもあります。

けれど、**よく使われている誇張表現や慣用表現ではなく、好きなものをもっと丁寧に、自分だけの言葉にしたい！** これはそんな人たちに贈る本です。**情熱と、丁寧に作品を作ったり分析したりすることは両立します。**

一緒に短歌を作ってみましょう！　楽しみですね。

申し遅れました！　この本の著者、榊原紘（さかきばらひろ）です。

生まれて初めて読んだ漫画は井上雄彦先生の『SLAM DUNK』、好きなゲームクリエイターは『逆転裁判』シリーズなどを手がける巧舟さん、アニメ監督は松本理恵さんです。フルタイムで働きながらゲーム『逆転裁判』を一日八時間連日プレイしていたら、体の左半身に痺れが出たこともあります（今もたまに痺れが出ます）。昨年の年末に一日九時間かけてアニメ『機動戦士ガンダム　鉄血のオルフェンズ』二期を一気に見ていたら、涙を拭っていた左の手の甲が荒れました。

そんな私は、連作（※）「悪友」で第二回笹井宏之賞大賞を、連作「生前」で第三十一回歌壇賞次席をいただき、二〇二〇年に第一歌集（※）『悪友』を、二〇二三年

※「連作」とは複数の歌の集まりのことです。一般的にはタイトルがついていて、テーマやストーリーがあると解釈されます。
※「歌集」とは合計数百首の歌が収められている短歌の本のことです。多くは連作が並んでいる形式をとります。この連作の順番は、編年体のこともあれば違うこともあります。

の夏に第二歌集『ｋｏｒｏ』を刊行した歌人です。学生短歌会と短歌結社（二二八頁）に所属していたこともあり、歌歴は十年を超えました。

まずはご挨拶がてら、私の推しを紹介しましょう。推し遍歴における時系列順・敬称略で並べると以下のようになります。

桜木花道（井上雄彦『ＳＬＡＭ ＤＵＮＫ』、集英社）
三井寿（右同）
我愛羅（岸本斉史『ＮＡＲＵＴＯ』、集英社）
瀬田宗次郎（和月伸宏『るろうに剣心』、集英社）
瑞垣俊二（あさのあつこ『バッテリー』、ＫＡＤＯＫＡＷＡ）
櫛枝実乃梨（竹宮ゆゆこ『とらドラ！』、ＫＡＤＯＫＡＷＡ）
紀田正臣（成田良悟『デュラララ!!』、ＫＡＤＯＫＡＷＡ）
零崎人識（西尾維新『クビシメロマンチスト』をはじめとする「戯言シリーズ」、講談社）
笠松幸男（藤巻忠俊『黒子のバスケ』、集英社）
★田島悠一郎（ひぐちアサ『おおきく振りかぶって』、講談社）
鈴木将（ＯＮＥ『モブサイコ１００』、小学館）
倉持洋一（寺嶋裕二『ダイヤのＡ』、講談社）
西谷夕（古舘春一『ハイキュー!!』、集英社）

★木兎光太郎（右同）
★天童覚（右同）
★仁科カヅキ（菱田正和監督『プリティーリズム・レインボーライブ』『KING OF PRISM』シリーズ）
風間蒼也（葦原大介『ワールドトリガー』、集英社）
★ガロ・ティモス（今石洋之監督『プロメア』）
★高橋世田介（山口つばさ『ブルーピリオド』、講談社）
煉獄杏寿郎（吾峠呼世晴『鬼滅の刃』、集英社）
★御剣怜侍（ゲーム『逆転裁判』シリーズ、CAPCOM）
★鹿野師光（伊吹亜門『刀と傘』、東京創元社）
★リシテア＝フォン＝コーデリア（ゲーム『ファイアーエムブレム風花雪月』、任天堂）
★リンハルト＝フォン＝ヘヴリング（右同）
★尾形百之助（野田サトル『ゴールデンカムイ』、集英社）
石田波郷（俳人）
橋本夢道（俳人）
★亜双義一真（ゲーム『大逆転裁判』、CAPCOM）
★大場なな（古川知宏監督『劇場版　少女☆歌劇　レヴュースタァライト』）
★三日月・オーガス（長井龍雪監督『機動戦士ガンダム　鉄血のオルフェンズ』）
★宮城リョータ（井上雄彦監督『THE FIRST SLAM DUNK』）

私は色々な作品に影響を受けて短歌を作ってきました。★印を付けたものが、短歌にしたことがあるキャラクターや人物です。**ただしこれは、自分にとって特に重要、という意味合いではありません。**

大好きでも短歌にしなかった・できなかったものもあれば、少し触れただけでどんどん短歌が作れたものもあります。そこに理由を見出したことはありません。短歌にできたから自分の手中に収められたと思ったこともないですし、短歌にできなかったから自分の中でたいして大事ではなかったのかも、と思ったこともありません。**歌という形にできる・できないに貴賤はないのです。短歌にできなかったこともまた、大事なことだからです。**大好きな推しの短歌を思うように作れなくても、焦らないでください。

あなたは短歌を始めたばかりで、これからどんどん上手くなるのですから。

本書の楽しみ方

イメソンみたいに楽しむ、推し短歌というＮＥＷ ＧＡＭＥ

先ほど書いたように、私は様々な作品から影響を受けて短歌を作っています。「推し短歌」ってどんなもの？と思っている皆さんに、まずは私の作った推し短歌を読んでいただきましょう。

これからの僕が間違えるとしても海辺をきみと一緒に掘った

榊原紘『悪友』

これは「ＤＵＮＫＩＲＫ」という連作の中の一首で、クリストファー・ノーラン監督の映画『ダンケルク』に影響を受けて作ったものです。

いわばきみに磨かれた火矢もう二度と雪のふるなか泣かないように

榊原紘『悪友』

こちらはひぐちアサ先生の漫画『おおきく振りかぶって』に影響を受けて作った歌で、「サードランナー」という連作に収められています。

代表作である「悪友」は、何かから影響を受けた連作ではありませんが、検索する限りでは色々な界隈の方々の「推し」に投影されてきました。

降車してすぐに電話をくれたってわかるよ　生きることが私信だ
麦チョコの大きめの麦ばかり取るきみを気に入る現世だったと

榊原紘『悪友』

ある日、『呪術廻戦』を好きな方々が、「『悪友』という歌集は五条悟と夏油傑の関係性にとても似合う」という旨でツイートされているのを見かけました。

先ほど書いたように「悪友」は何かから影響を受けて作ったものではなく、芥見下々先生の『呪術廻戦』(集英社)は好きで読んでいましたが、読み始めたのは「悪友」を作った後のことでした。しかし、『呪術廻戦』と『悪友』を読み返してみると、なるほどこれは確かに五条悟と夏油傑だと納得できるところは多くありました。

悪友の悪の部分として舌が西日の及ぶ部屋でひかった
誰になら看取られる気がありますか　塩の瓶ならいつもの棚に
恨まれるこころづもりはできていて、でも窓辺から共に陽を見た

榊原紘『悪友』

自分で色々な連作から二人を連想できる歌をまとめて、同感の意をツイートしたところ、かなり多くの反響がありました。

現在では作品から影響を受けて短歌を作った場合に使用するハッシュタグも増えていますし、現代の歌人もファンアートの一環で短歌を作るのはそれほど珍しいことではありません。

いきなり短歌をゼロから作ろうとしたり、読もうとしたりすると、難しいと感じるかもしれません。しかし、既に知っているものや好きなものを介入させることで、近道ができるのです。それがまして、**「推し」が短歌の入り口になる**としたら。「大好きでも歌にできないものはあるし、罪悪感を抱かなくていい」ということは先ほどお伝えしましたが、**この「推し短歌入門」を通して、推しへの見方も、短歌の世界も広がれば、こんなに嬉しいことはありません。**

まず、短歌を身近に感じてもらって、興味が出てきたら用語を知ったり、人と意見

を交わし合ったり、連作単位や歌集単位でどんどん読んでいったりしたらいいのです。短歌をより深く読み込むための回路は、後から徐々に習得できます。

この本は、従来の短歌の入門書とはコンセプトが異なります。**読むゲーム**だと思ってください。**「難易度」**の表示があるので、それを見ながら自分はここまでならできるな、このステージに挑戦してみよう、という気持ちで読んでみてください。また、ところどころには**「セーブポイント」**があり、書いてあったことがまとめてあります。

そしてこの本では、様々な切り口から短歌に出会っていただくために、歌集だけではなくアンソロジーや総合誌や個人誌、インターネットで発表された歌も引用します。歌集を出していない方々にもよい歌があることを知っていただきたいからです。引用した歌の多くには「評」といって、私なりの歌の解釈を載せていきます。この「評」については、後ほど詳しくご説明します（一六二頁）。

また、歌の作り方や意図を説明する場合は、筆者である榊原紘の歌を多く扱います。

初めてのゲームをやるときは、まず近場にあった武器を選ぶように、短歌もスタンダードな戦法から始めましょう！　最初は剣を選んでいても、そのうち自分は弓特性があるなとか、召喚系魔法を組み合わせたほうがいいなとか、自分に合う方法は、後から分かってくるものです。

この本の楽しみ方

基本的な内容、覚えてほしいことですが、
一回で分かる必要はありません。

少し実践的な内容です。

難しい内容です！
ゆっくりやっていきましょう。

ハードモード

腕に覚えのある人はチャレンジしてみてください。

●セーブポイント　この章をセーブしますか？ ▼はい

内容を復習できます。

難しい編成を組むのは、パーティーの特性が分かってきたゲーム終盤、もしくは二周目からで遅くありません。腕に覚えがある方は、「ハードモード」も併せて読んでみてください。

短歌の世界は、「SNSと相性がよく、流行っている」と最近よく言われるわりには、まだまだ閉鎖的です。この本は、短歌の世界がまず多くの人に開かれてほしいと思い作りました。以下のように色々な方法で他の方に広めていただけたら嬉しいです。

- 書籍の表紙、数ページを写真で撮ってSNSにアップする
- 図書館に置いてもらえるように注文する
- 人に貸す
- 人にプレゼントする
- **#推し短歌入門** でつぶやく
- 著者名、書名、出版社名などを出して感想をつぶやく
- 読書会をする

どれも嬉しいです！　ありがとうございます。

では、**NEWGAME**といきましょう！

目次

とりあえず詠んでみたいオタクのための推し短歌チュートリアル

第二部

じっくり詠んでみたくなったオタクのための短歌の技法

詠めるようになったオタクのための創作の深め方

とりあえず詠んでみたい オタクのための 推し短歌チュートリアル

〈「推しの瞳が綺麗」で詠んでみる〉

ではいきなりですが、短歌を作ってみましょう。え？　急にそんなことを言われてもできない？　大丈夫です。これはゲームで言うチュートリアルですから、皆さんは私が短歌を作る過程を見て、コマンドを一つ一つ覚えていきましょう。

かといって、黙って見ているだけは退屈ですね。推しのことを考えてみましょう。皆さんは、推しのどこがいいと思いますか？　「全て」というのはナシです。いや、「全て」いいのかもしれませんが……。

たとえば、**「推しの瞳が綺麗」という感情**から短歌を作ってみます。

ただ「綺麗」や「うつくしい」とそのまま言うより、何かで喩えたり、その瞳が見ているものやその瞳を見ている自分にフォーカスしたりすると、より歌が広がります。

情熱的な瞳を持つ推しを表現したくて作った歌がこちらです。

君の眼が初めて熾す火のようでビブスの裾をかたく絞った　榊原紘『悪友』

木兎光太郎

この「木兎光太郎」は**詞書**（ことばがき）といい、歌の補足などに使われる文章や言葉のことです。木兎さんは『ハイキュー!!』の登場人物で、梟谷学園高校バレーボール部のエースです。

この歌ができたときの思考の流れを整理しておきます。

①「木兎さん尊（とうて）**ぇ～～～！！！」という気持ちの発露**

②「何が尊いか？　どう尊いか？」を考える

③「木兎さんの目はどのようだ、と言えば、それが伝わるか？」を考える

木兎さんから受けた「情熱的」というイメージから、「炎」を連想。

↓どんな「炎」か？　表記は「ほのお」「炎」「焔」…？

↓単純に「火」？

↓身近なコンロの火、あたたかい焚火、全て燃やし尽くすかのような業火……？

↓「熾す」という言葉があったなぁ。人間が初めて火を手に入れたときの畏れ、感動、その力の大きさゆえにもう火のない生活へは戻れないという影響の大きさを考え、「初めて熾す火」という言葉の組み合わせをメモする。

④前半（五七五）を決める

「目」より「眼」のほうがより「瞳」に近いと判断し、漢字の表記を変更。
↓「瞳《ひとみ》」だと三音なので音数を節約したい！
↓この歌で「瞳《め》」はちょっとやりすぎ（※）なのでは？
↓表記はシンプルに「眼」で決定

木兎さんをどのように呼ぶかを考える。
↓「彼」だと他人行儀だし、三音の「あなた」より音がスムーズな「きみ」を選ぶ
↓**「きみの眼が初めて熾す火のようで」で前半を仮決定！**

⑤後半（七七）を決める

「君の眼が初めて熾す火のよう」だと思った人物は誰でしょうか？

木兎さんのことを「うまく言えないけどすごい！」と漠然と感じている私よりも、

もっと木兎さんの凄さを具体的に実感できる立場に視点を譲ります。運動をしている人、特に同じバレーに関わっている人のほうがいいでしょうね。これは好みですが、熱心なファンや運営の人よりも、選手のほうが嬉しいです。

「選手」視点であることを何で示すかを考えます。タオル、スポーツ飲料、ボールを触る動作……。「ビブス」にしましょう。チームなどが分かりやすいように、練習着やユニフォームの上に着る、あのベストのようなものです。

選手視点で詠むことを決める。何でそれを示すかを考える。

↓「ビブス」という単語を選択

↓ビブスをどうするか？　握る、仰ぐ、着る……

↓「裾をかたく絞った」で、「絞れるほど汗をかいている」・「裾をぎゅっと持たねば耐えられないほど、なんらかの感情が溢れている」ととれるような表現にする

↓**「ビブスの裾をかたく絞った」で後半を仮決定！**

合わせてみて、違和感がないかどうか、表記のバランスがいいかどうかを見ます。

※ここで言う「やりすぎ」とは、具体的に書くと、「格好をつけすぎている」という感覚に近いです。「瞳《め》」という表記がうまくはまる歌も当然ありますが、ここでは人の目を「初めて熾す火」と喩えたほうに着目してほしいため、あえて気配を薄くする必要がありました。

「きみ」というひらがなの表記では、印象がやわらかすぎる気がしました。やわらかさは、愛おしさや好ましさみたいなものを増長させます。甘すぎる、と言ってもいいかもしれません。

なので、「君」という漢字の表記で引き締めてみましょう。このあたりの感覚は、短歌を作る経験を積んでいくうちに身についてきます。

君の眼が初めて熾す火のようでビブスの裾をかたく絞った

木兎光太郎

イメージの源を明かさなくてもいいのですが、明確に木兎さんから作ったということが作者である私の中で大切なことだったため、詞書でお名前を入れました。これで完成です。

意図が読者に百パーセント伝わるかは分かりませんし、「この言葉では過剰（言いすぎ・甘すぎ）だな」という考えは、ある程度経験値が溜まってきてから浮かびやすくなる感覚かもしれません。とりあえず、「尊い」という感情から一首になるまでの変遷は、この歌ではこのような感じでした。

さて、「推しの瞳が綺麗」という感情から短歌を作る場合、見てきたように、瞳を何に喩えるのか、まず考えてみることです。

①宝石
連想されるイメージ：輝いている、高価、モース硬度によって硬さが分かる

②逃げ水 ※蜃気楼の一種。道路や草原などで遠くに水があるように見え、近づくと逃げてしまう現象のこと。
連想されるイメージ：蜃気楼、そこにはない（実体かどうか怪しい）、揺らいでいる（泣きそう？）

③窓
連想されるイメージ：うつっているものによって印象が変わる、外の世界と繋がっているため広がりを持つ

他にも、瞳を海、湖、星、月、炎、（動物の）瞳などで喩えることができます。

ここでポイントとして、たとえば①の「宝石」で歌を作ろうとしたとき、**「連想されるイメージ」である「輝き」や、「高価」なことはわざわざ歌の中に入れなくていい**のです。

宝石（に限らずきらきらしているもの）は既に「輝いている」ことを、その言葉に内包

しています。たとえば、「君の目は輝くダイヤ」は、（そのダサさは置いておいて）短歌における五七五七七の五七の部分を作ることもできますが、その「輝く」の四音で他のことが言えるので、もったいないです。

例で出された言葉で瞳を喩えている歌を紹介します。

「逃げ水」

なりたかった　言えるわけない逃げ水のような瞳を見てしまっては

榊原紘『悪友』

「窓」

死にいそぐ雪虫たちを見てきた目きみの目は夜の窓のようだよ

服部真里子『遠くの敵や硝子を』

「（動物の）瞳」

いつか死にいつか火葬にされること言えば鯨の瞳（め）を向けてくる

坂井ユリ『京大短歌』十九号

歌にするときは、言葉が持っている要素をよく考えてみましょう。

また、ひとえに「瞳」といっても、色々な書き方ができます。先ほども、**「目」「眼」「瞳」**の三択で迷い、最終的に「眼」を選択しました。

全体的に「め」について歌にしたい場合

・目
・眼《め、まなこ》
・瞳《め、ひとみ》

「目」と書くと上下の瞼を含んだエリアを指しますが、「眼」と書くと「眼球」のエリアに狭まります。「瞳」もほとんど同様ですが、より虹彩や瞳孔のエリアに絞られる感じがします。

また、「眼」を「め」と読ませるか、「まなこ」と読ませるかによっても歌の雰囲気が変わってきます。「瞳」のエリアを指したいけれど、「ひとみ」と三音使うのがもったいないな、という場合は「瞳」と書いて「め」というルビを振ることもできます。

片目がない（隠れている、見えない）状態について歌にしたい場合

・独眼　隻眼（せきがん）　片目　片眼

二つの目がある、正面からしっかり見ている状態について歌にしたい場合

・双眸（そうぼう）　両目　両眼　ふたつの目

目が印象的だと思っていたけれど、目尻であったり眉の形のほうが印象を捉えられるかも、と観察の結果考えた場合は、言葉ごと変えることもできます。

「めの周りのエリア」について歌にしたい場合

・眦《まなじり》、目尻
・眼窩
・眉《まゆ、まみ、まみえ》

もう一首、例を見てみましょう。片目を失い、のちに義眼となったキャラクター、尾形百之助（『ゴールデンカムイ』）に対する感情を歌にしたものがこちらです。

ほの暗い眼窩に月を嵌め込んでゆるされずともこの道を往け　榊原紘『悪友』

『ゴールデンカムイ』は明治末期の北海道・樺太を描いた漫画で、尾形はその時代を生きる軍人（狙撃手）です。この歌ができたときの思考の流れを整理しておきます。

①感情の始点

尾形……絶対にゆるさん……。

※私の尾形への感情は紙幅が足りませんので割愛します。彼は推しであり、百首ほど彼の歌を作ったことは確かです。

②感情の中継点

でも尾形は私の許可も赦免も愛も望んでいないし、そもそも私は尾形の人生に一ミリも関わっていないんだよな。

③感情から歌の要素を導く

尾形が狙撃手として生きてきたことが、尾形の人生の軸であることは間違いないんだ。そこで目を失ったのはとても大きなこと。歌の中で何を拾い上げるべきなのだろう。残った左眼、失った右眼……そうじゃない、右の眼球が存在していた場所にある虚（うろ）、眼窩こそが、尾形の決して明かしてはくれない感情のようじゃないか？

④眼窩の歌を思い出す、前半（五七五）を決める

音もなく道に降る雪眼窩とは神の親指の痕だというね

服部真里子『行け広野へと』

服部さんのこの歌を読んだときから、「眼窩」という言葉に憧れがありました。
それに、狙撃手である尾形が片目を失ったこと……その証拠である虚となった眼窩は私の中でよく考えたいモチーフだと気づきました。服部さんの眼窩が雪の景色から導き出され、周りに明るさがあるとすれば、尾形の眼窩は決してそんなことはないだろう、と思いました。

「ほの暗い眼窩に○○を嵌め込んで」で五七五が完成します。少し時間がかかりそうなので、一旦ここで置いておきました。

⑤後半（七七）を決める

「ゆるされずともこの道を往け」は単に尾形への気持ちです。

「いけ」の原形の「いく」も色々あり、「行く」だと単に移動を指しますが、「征く」だと「遠くに向かってまっすぐに進む」や「戦争や旅などに出る」という意味があります。選んだ「往く」は「（出発地へ戻ることを前提とし）出発地から目的地まで進むこと」という意味です。この歌を作ったときには尾形の目的は分からなかったのですが。

⑥置いておいた二音を考える

「ほの暗い眼窩に○○を嵌め込んで」の二音を考える作業に戻ります。「夢」とかいうファンタジーな言葉が入るわけがありません（尾形なので）。最終的に、ここに「月」を持ってきました。似たような言葉に「星」があります。これも二音です。

「星」でもよさそうに思えますが、「星」という言葉には「星型（☆）」の意味があり、眼球（〇）と形状の印象が異なります。なので、ここでは「月」を選びました。また、後付けですが、月のように静かなイメージ、太陽からの光でひかっているイメージが皮肉にも尾形らしいと思います。

もう一度、全体を見てみましょう。


ほの暗い眼窩に月を嵌め込んでゆるされずともこの道を往け

「ゆるされずとも」の「ゆるす」がひらがななのは、「許可」を意味する「許す」と「免赦」を意味する「赦す」のどちらともとれるようにするためです。

「嵌め込んで」は、「はめ込んで」「嵌めこんで」「はめこんで」などの表記も考えました。「嵌め込む」は「嵌める」と「込める」を合わせた複合動詞ですが、この「嵌め」と「込める」の漢字とひらがなの割合を変えると、雰囲気も変わります。どちらも漢字で表記することで、眼窩というゾーンにきっちりと（収まるはずのない）月を、歌の中では確かに収めているという感じが出ます。また、「ゆるされずともこの」までひらがなが続きますし、ここで漢字を使うことで見た目を引き締めたかったのだと思います。


二首分の歌の制作過程をお見せしました。

推しをじっくり観察して、詠む対象のエリアを広げたり絞ったりしながら、これだと思う言葉を選んでみてください。

いま読んでいて、「新入部員歓迎って書いてあったからきたのに、専門的な話ばっかりしている、いづらい部室だ！」と感じている人がいたら、帰らずにまだ座っていてください。まだあわてるような時間じゃない（『SLAM DUNK』の仙道彰）。心配いりません。ですが、この手の話はまだ続きます。

ハードモード

もう少し発展的な内容として、「目」のエリアをテーマに作った歌をご紹介します。

天才　と云うとき生まれる崖がありその双眸を一度見ただけ

榊原紘『koro』

この歌では、人の強いまなざしを意識させるために「双眸」という語を選択しました。

「天才」と云うとき生まれる崖がありその双眸を一度見ただけ
「天才」と云うとき生まれる崖がありその双眸を一度見ただけ
天才、と云うとき生まれる崖がありその双眸を一度見ただけこのように、「天才」と「」や「」で括ったり、読点（、）で区切ったりすることもできましたが、一字空けにしました。それぞれの記号を使った細かい技術については一三〇頁でご説明します。

　天才　と云うとき生まれる崖がありその双眸を一度見ただけ

この形になったのには、複数の理由があります。

・本当に発話しているだけではなく、「他人の言葉を引くこと」の意味も込めたかった。
・「と云う」だけに「天才」が接続するのではなく、歌全体に「天才」という語が響くようにしたい。背景のように「天才」という語を置きたかった。
・一字空けがその後に出てくる「崖」（人と人とを分かつもの、断絶の比喩）としても機能することを狙った。

このように、意味・空気感・表記という複数の理由で一字空けの構成を選択しました。「天才」という言葉はかなり意味が強いので、凝りすぎずに一首をすっきり見せるという意味でも、一字空けがよかったのではないかと個人的には思います。

少し話は逸れますが、短歌では、このような「天才」など、意味が強すぎる言葉は悪目立ちしやすい（一〇八頁）です。同じような言葉では**「運命」**や**「最強」**などが挙げられると思います。言葉を目立たせても、一首の中で説得力が生まれるようにするのはとても大変です。かといって、一首が説明に費やされてももったいない。ではどうしてこの言葉を使ったかというと、褒め言葉だとしても「天才」と雑に形容してしまうことは、相手と同じラインに立てないということで、相手も立たせないことだと思うからです。そこで他者と自分との間に決して越えることのできない崖ができてしまう。この歌は、「天才」が悪目立ちすると分かって置いたものです。

音の面では、「その」と「双眸」で「そ」の音、「二度」「見た」で「i」の音で韻を踏むことを意識しました。ちなみに、『ハイキュー!!』の烏野高校対稲荷崎高校戦をイメージして作った歌ですが、あらゆる才能の物語をイメージさせることができればいいなと思います。

●セーブポイント　ここまでをセーブしますか？▼はい

◆自明のことはわざわざ歌の中に入れない。
◆歌にしたい対象を広げたり狭めたりして、使いたい言葉を探す。

この本では読むだけのものではなく、「自分も短歌を作ってみたい！」と思ったとき、推しに対する解釈を深めたい、と思ったときのアイディアノートのように使っていただけたらいいなと思っています。ワークシートにもぜひチャレンジしてみてください。

推しと短歌をつなげるワークシート①

推しの目についてひたすら考えてメモしてみましょう。

瞼は一重？　二重？　※二重ならその幅は？

睫毛は長い？　短い？

眉毛の形はどんなふうですか？

眼鏡やコンタクトはしていますか？

喩えるなら何だと思いますか？

寝ているとき、泣くとき、嬉しいとき、それぞれどんな様子ですか？

フリースペース（自由に目について書き留めてください！）

目だけでいろいろなことを観察し、書くことができたと思います。この調子でいきましょう！

〈基本ルールを覚える〉

バスケットボールを始める前に、「ボールを持って三歩以上歩いてはいけない（＝トラベリング）」などのルールを覚えなくてはいけませんね。ボールを持ったまま移動してよかったのは、桜木とゴリの最初の対決くらいです（『SLAM DUNK』一巻参照）。

早く推し短歌が作れるようになりたいですか？

でもまずは一旦、「推し」のことから離れて、**短歌の超基本**からいきましょう。

短歌を始めようとすると、**「決まり事は特にないし、何をしてもいいよ」**みたいに言われますが、**あれは実は嘘です。大嘘です。**

ある人は定型、つまり句跨り（一一六頁）も句割れ（一一七頁）も認めない三十一音ぴったりしか認めないし、ある人は違います。また、**明確に定義されているわけではない「決まり事」に近い「慣習」**があるのです。

この本で書かれていることは著者の経験の蓄積ですが、いつかあなたは違う道を選ぶかもしれません。それもいいでしょう。

先ほどはいきなり短歌の作り方を見てもらいましたが、短歌の用語を含めて詳しく見ていきましょう。名称を知るとより簡潔に構造を把握することができますし、作るときだけではなく読むときにも便利です。

『NARUTO』の世界における「忍術を使うためのエネルギー」には「チャクラ」という名称が与えられていますね。長々と説明するよりも、一言で「チャクラが〜」と言ったほうが、言葉を共有している同士では話が早く進みます。

短歌を作ることと読むことは両輪なので、用語を覚えておいて損はないでしょう。

祝福を　花野にいるということは去るときすらも花を踏むこと　　榊原紘『悪友』

これは私の歌集『悪友』に収録されている短歌です。歌集には明記されていませんが、尾形百之助（『ゴールデンカムイ』）のことを考えて作った短歌です。この歌で短歌の基本を説明します。

一首

上の句（上句）			下の句（下句）	
五	七	五	七	七
祝福を	花野にいると	いうことは	去るときすらも	花を踏むこと
初句	二句目	三句目	四句目	結句

短歌は**基本的に五七五七七の音の組み合わせでできた詩**です。これよりも句ごとに音が多いものを**字余り**、音が少ないものを**字足らず**（九二頁）といいます。「句ごとに」について補足すると、たとえば、六七五七七の音の組み合わせの歌があるとしたら、それは「初句六音の字余りの歌」であると言えます。そして、六六五七七の歌があるとしたら、それは確かに合計で三十一音ですが、「初句六音で字余り、二句目六音字足らずの歌」だということです。

縦書きで一行で書かれることが圧倒的に多いです。

最初の五にあたる「祝福を」が初句、次の「花野にいると」が二句目、「いうことは」が三句目。ここまでが**「上の句」もしくは「上句」**と呼ばれる部分です。先ほど、「前半」という言葉で示していた部分のことですね。続いて、「去るときすらも」が四句目、「花を踏むこと」が結句。「去るとき〜踏むこと」にあたる部分を**「下の句」もしくは「下句」**といいます。先ほどの「後半」にあたる部分です。

この全体を「首」で数えます。歌の数え方は一首、二首（全体を一句、二句と数えるのは俳句と川柳）です。ちなみに、俳句には季節を表す言葉、季語が必要とされますが、短歌に季語は必要ありません。入れてももちろんいいですが。

この歌は、「祝福を」で「一字空け」がされています。空白があるということです。ここで視点の切り替えなどが行われますよ、という合図です。一字空けには他にも色々な意味があるので、八二頁で詳しく説明をします。

ところで皆さんに、**絶対にやめてほしいこと**がありますので、注意喚起を。

祝福を　花野にいると　いうことは　去るときすらも　花を踏むこと

祝福を
花野にいると
いうことは
去るときすらも
花を踏むこと

このように、**句ごとに一字空けを入れたり、五行にしたりしている方がいますが、やめてください**。絶対にやめてください!!　**これだけ守っていただければいいと思うほどです**。句ごとの一字空け・五行書きをやめるだけである程度さまになります。テレビや誌面でのデザイン上、句ごとの一字空けや改行を行い、それが広まっているのだと思うのですが、やめてください。これはメディアにも責任がありますね。

短歌はもともと、句ごとに息継ぎをするように自然に切って読まれるため、空白や改行を使って、「区切れていますよ」と示す必要がないのです。句跨り・句割れ（一一六頁）の項目でもそのあたりをご説明します。

短歌の別名を「三十一文字（みそひともじ）」と言いますが、それはかなで書いていたときの話なので、今で言う「文字数」ではありません。

たとえば「光った」であれば「ひかった」なので、「っ（促音）」も一音扱いで四音と数えます。そして「パーティーを」は「ぱ・あ・てぃ・い・を」で五音です。つまり「ティ」も一音扱い、「ー（長音）」も一音扱いです。「キャベツ」は「きゃ・べ・つ」で三音扱いです。

また、短歌では「評」という言葉が頻出します。評とは歌への意見、見解、解釈のことです。歌を作ることと解釈することは同じくらい大切なことです。一六一頁ではそのやり方を詳しくお伝えします。

●セーブポイント　ここまでをセーブしますか？▼はい

◆短歌はだいたい三十一音で、五（初句）・七（二句目）・五（三句目）が「上（の）句」、七（四句目）・七（結句）が「下（の）句」。

◆短歌は三十一文字ではなく三十一音が基本。

◆「きゃ（拗音）」、「ー（長音）」、「っ（促音）」は一音扱い。

推しと短歌をつなげるワークシート②

では、私が好きな漫画のタイトルは何音でしょうか。

①井上雄彦『SLAM DUNK』
②古舘春一『ハイキュー!!』
③江野朱美『アフターゴッド』
④野田サトル『ゴールデンカムイ』
⑤伊藤悠『シュトヘル』

順に「す・ら・む・だ・ん・く」で六音（空白は音に含めない）、「は・い・きゅ・う」で四音（感嘆符（！）は音に含めない）、「あ・ふ・た・あ・ご・っ・ど」で七音、「ご・お・る・で・ん・か・む・い」で八音、「しゅ・と・へ・る」で四音です。

ちなみに、私は短歌は「だいたい三十一音」でいいと思っていますよ。「定型だからよい／破調だから悪い」ということは存在しません。ただ、「定型のよい歌」や「破調のよくない歌」は存在すると思っています。

〈推し短歌三原則〉

推理小説を書く際のルールに、「ノックスの十戒」や「ヴァン・ダインの二十則」がありますが、それをユーモラスに破った推理小説が存在するように、ルールというのはその破り方によってむしろ収穫があるかもしれません。

しかし、それでもあえて「推し短歌」の理論で短歌を作る上での原則を提示したいと思います。ざっと次のようなことです。

①原作を知らない人が読んでも短歌としてよいものを作る
②言葉を借りすぎない
③余白・言わないことを作る

①「原作を知らない人が読んでも短歌としてよいものを作る」について。推し短歌は、**「一首の短歌としてよい」ことが一番大切**で、「原作を知っているとより深い味わいになる」は二番目以降に大切なことです。推しのことを考えて作った短歌は、一首

で二度おいしくなるのが理想です（短歌としてよくなるために何ができるか、この一冊の中でも少しずつお伝えするので大丈夫です）。

②**「言葉を借りすぎない」**について。①と似ていますが、**特徴的な固有名詞（キャラクター名や技名、台詞など）は入れない**ほうがよいでしょう。『呪術廻戦』に推しがいたとして、「術式」とか「領域展開」という言葉を歌の中に入れても、原作を知らない人は歌に入っていけません。

③**「余白・言わないことを作る」**について。短歌は定型詩なので、言い切れないことが必ずでてきます。そもそも、**説明しきれないことをおそれない**でください。説明をしようとしないでください。

「推し短歌」の三原則をご紹介しました。

ちなみに、②で「キャラクター名も入れないほうがよい」と書きましたが、短歌では結構人名が入っている歌は多いです。「推し」に限らず、知り合いであったり芸能人の名前であったりすることも。ただ、私個人としては、人名や作者との関係性が分かるかどうかが歌の読みの大部分に関わってくるようなことはしたくないので、普段も人名は極力入れません。キャラクター名の折句（一八二頁）は作ったことがあります。

結局のところ、推しのことを詠むからといって何か特別な短歌のルールがあるわけではなく、**あくまで推しのことを考えながら「よい短歌を作ろう」**ということなのです。以降はこの推し短歌三原則をもとに、特に気をつけてほしいことを、この第一部を通してお伝えしていきます。

●セーブポイント　ここまでをセーブしますか？　▼はい

◆推し短歌三原則は次の通り。
①原作を知らない人が読んでも短歌としてよいものを作る。
②言葉を借りすぎない。
③余白・言わないことを作る。

〈「主体」を設定する〉

基本的に**「短歌は特に記載がなければ、歌の中の動作は歌の中の主人公が行っている」**と解釈します。歌の中の主人公は、**「作中主体」、または単に「主体」**と呼ばれることが多いです。この本でもそのように表記します。

銀幕が色褪せていく傍らできみの泣きやみ方を見ていた

榊原紘『悪友』

映画が終わり、映画館が明るくなってきました。「きみ」は泣いています。ここで、「きみの泣きやみ方を見ていた」のは「主体」です。

一生、と僕はあなたに言うけれどまだ見たことのない月の皺

榊原紘『ｋｏｒｏ』

もちろん、このように「僕」などの一人称を書いても構いません。「僕」という一

人称を使う「主体」です。「作者は自分自身を歌の主人公にして、実生活をもとに、一人称視点で作歌しなければならない」と考える人もいれば、「作者と主体は全く別のものと捉えるべき」と考える人もいます。歌によって、連作によって異なるという人もいるでしょう。

正直、この話だけで一冊書けてしまうテーマです。「短歌　私性」と検索すると色々な議論が読めることでしょう。歌が作者の経歴をふまえるとより一層深く読めたり、知っている作者であれば「この人がこんな歌を作るなんて、らしいなぁ／心境の変化があったんだなぁ」と思ったりすることもありますが、基本的にはまず歌は歌だけで鑑賞したいと私は思います。

君の眼が初めて熾す火のようでビブスの裾をかたく絞った　榊原紘

木兎光太郎

この歌で、主体を私自身ではなく他のバレー選手に譲った（一二三頁）ように、歌の中での視点が作者そのものではない場合もあります。

主体をどのように、(作り手が)設定するか、もしくは(読み手が)解釈するか、それによって歌の印象が大きく変わります。色々試してみましょう。主体が作者とどれだけ近いのか、性別は何か、そういったことは歌に関係がない限りは言及しないものとします。

〜推しから離れる、推しを降ろす〜

短歌を作る上で一番と言っていいほど注意しなければならないのが、**「散文的」**という状態です。散文とはエッセイや小説といった、定型を持たない文章のことです。どんな書き方をしても、短歌は「散文」とは異なります。

「説明」をするなら散文のほうが優れています。しっかりと文字数を割くことができますし、その分丁寧に読み手に伝えることができるでしょう。短歌は字余りもありますが、基本的には三十一音。言い切れないことも出てきます。

ただ、覚えておいてほしいのは、それは別に短歌の短所ではないのです。短歌にするときに言い切れなかったこと、**短歌にならなかったことも大事**なことなのです。

この本は、「推しの短歌を作ってみよう」という本ですが、**「推しを過不足なく短歌で表現しよう」というのを目的にはしていません。**なぜなら**短歌は、五七五七七の短文ではない**からです。短歌は言葉で出来ていますが、散文とは考え方の回路が異なっているように思います。

では、どのように作るか。「過不足なく説明」しようとするな、ということはすなわち、次のことに尽きます。

「推し」そのものから成分を抽出するマッドサイエンティストになるのはやめてください。もっと離れてください！　推しから！

「推し」そのものから成分を抽出しようとすると、「推し」をあらかじめ知っている人にしか理解できないものが生まれてしまうおそれが多分にあります。知らない人から見ると、「思わせぶりで、何か曰くがありそうだけど、よく分からない」という印象になります。

使っている香水のラストノート、忘れて行ったペン（三色ボールペンのうち、青がよくなくなる）、やたらあるマグカップ、ウエストに合わせると丈が足りず、脚に合わせるとウエストがガバガバになる服……。このように、**推しの存在そのものよりも、周辺やアイテムから言葉を拾っていくと、かえって存在が浮かび上がってくる**ことがあるものです。

難しければ、別の人物や物になりきって推しを見つめてください。壁になるのは皆さん得意なことと思いますが、推しのマネージャーであったり、推しと旅の中で出会った商人であったり、一度きりの邂逅をした存在になってもいいでしょう。

推しならこの景色をどう見るんだろう？　推しのコンサートでチケットをいつも確認してくれているスタッフさんはどういう気持ちだろう？　推しが最後に食べたご飯を作ったあの人は次の日どうしているのかな？

このように、**視点や距離を様々に変えて、歌を作ってみましょう。**

また、推しの存在そのものを描かないのと同じように、短歌では、**「嬉しい」や「悲しい」といった直接的な感情もそのまま書かないほうがいい**です。そういった直接的な感情を入れた名歌も存在しますが、そうと言わずに読み手が想像を膨らませる歌、**余白や余韻のある歌を目指しましょう。**

さて、推しから離れてくださいと言いましたが、同化するのも一つの手です。推しのことを考え続け、推しになり、推しがいる世界観を生き、全ての現実世界を「推し」化することで、生まれる視点があります。

推しから「離れる」「同化する」という二つのやり方を駆け足で紹介しました。私はそれぞれのやり方を、講義や会話の中で、次のように表現してきました。

- **風上で**（**推しについて考えを**）**燻し、風下で**（**作っている短歌に推しの**）**においをつける**
- **推しを「降ろす」**

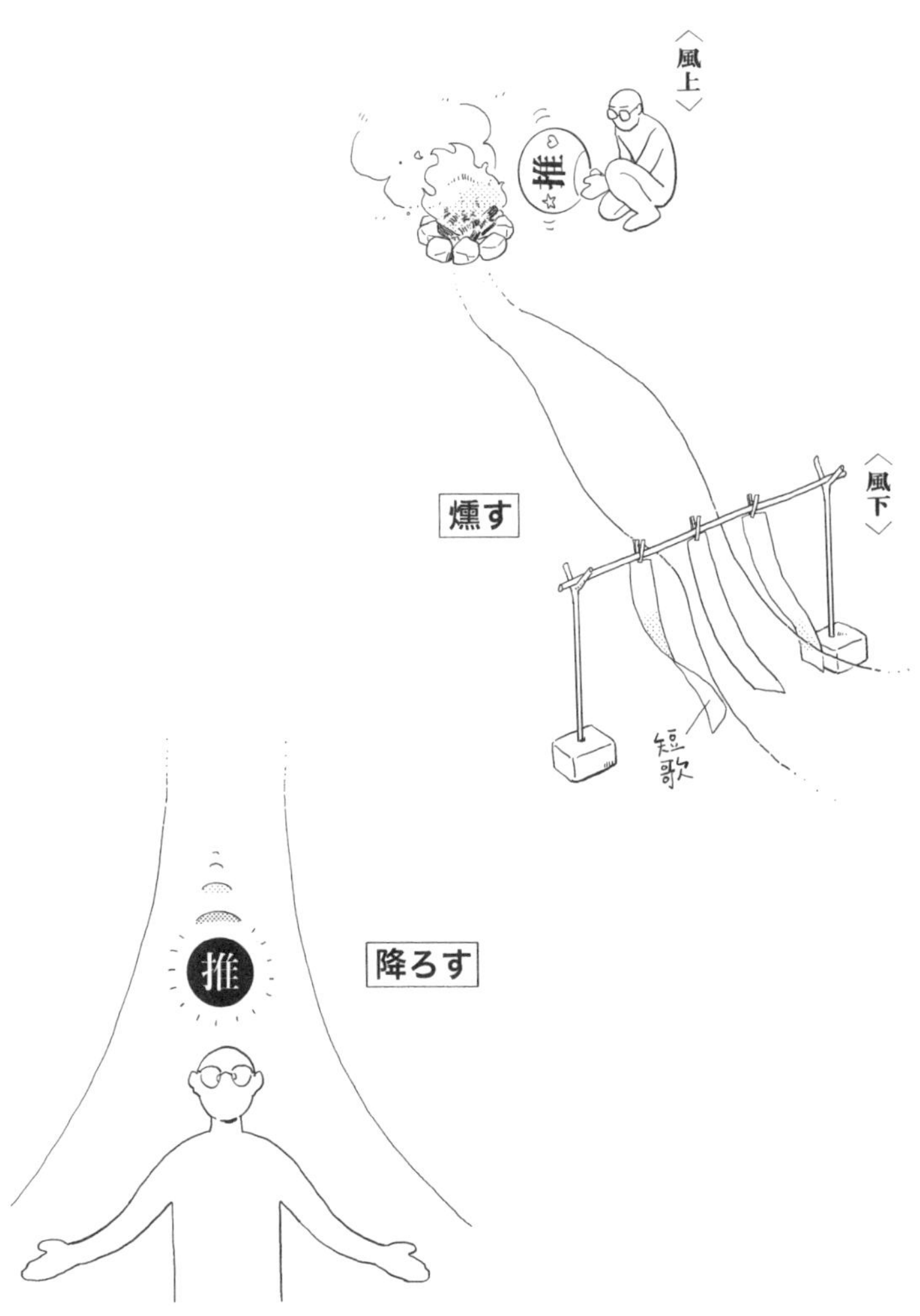
〈風上〉
推
燻す
〈風下〉
短歌
推
降ろす

「風上で燻す」のが「離れる」、「降ろす」のが「同化」と言えるでしょう。

たとえば、「雪国出身」という情報を持つ人のことを考えて（燻して）作った歌がこちらです。

スノードームに雪を降らせてその奥のあなたが話すあなたの故郷

榊原紘『悪友』

これだけでは正直、「あなた」の故郷が本当に雪国かは分かりませんね。スノードームの中の雪は偽物なので、全く雪が降らない地域の出身かもしれません。

作ったときのことを厳密に書き表すと、雪国出身のシルヴァン＝ジョゼ＝ゴーティエ（※）というキャラクターが仮に転生したらという設定で歌にしました。転生後のシルヴァンがどういった地域の生まれかは分からないのです。

雪が多い地域の出身なのか、雪に憧れている地域の出身なのか……。しかしどちらにしろ、「あなたの故郷」は雪に何か関係があるのだろう、と思わせる書き方をするに留めました。主体は特に定めていないので、僭越ながら私（榊原）でもいいですし、誰でも構いません。ただ、言わないこと（余白）を多めにとりました。こうして推し、および推しの情報から「離れる」ことで、歌に奥行きが生まれます。

「あなたの」と書かなくても、「あなたが故郷のことを話した」とまとめてもいいですし、「あなたが話す故郷」とすると四音浮くので、語順を変えたりしてもっと別の言葉が入れられたかもしれません。しかし、「あなたが話すあなたの」とわざわざ強調することで、故郷に何らかの強い気持ちがあることを示唆できますし、「a」音が連続するところも気に入っています。

また、「前髪が長い」人のことを考えて（降ろして）作った歌がこちらです。

前髪を払って君と目を合わす思い出よりもいいもんだから　榊原紘『ｋｏｒｏ』

この上の句は、二通り読みがあると思います。

①主体が・主体の　前髪を払って君と目を合わす
②主体が・君の　前髪を払って君と目を合わす

※ゲーム『ファイアーエムブレム風花雪月』の登場人物。フォドラという大陸の北側に位置するファーガス神聖王国の、さらに北端の辺境を護るゴーティエ領の跡取り。軽薄で怠慢な素振りが目立つが、王子であるディミトリ＝アレクサンドル＝ブレーダッドからは「兄貴分」と紹介される、物語の前半と後半で印象が大きく変わるキャラクターの一人。ゲーム内ではプレイヤーが取る選択によって大きく物語が変化するが、どのルートでも彼は自身の一族が護ってきた領土について、一定の立場を示すことになる。作中では転生しない。

特に記載がなければ動作は主体のものだと解釈されるので、①が多数派の読みでしょう。

作ったときは気持ちとしては②だったのですが、読みが分かれても構わないとも思いました。「前髪をよけて、目の前にいる人と目を合わせた」という行動は変わらないからです。この歌の中の主体と「君」の気持ちの量は私（作者）の中では同じだった、ということも大きな理由の一つです。

髪の毛ごしでも相手を見ることはできるのに、なぜわざわざ前髪を払って、つまりしっかりと目を合わせたのか。それは「君」が、「思い出よりもいい」ものだからです。過去よりも、頭の中のことよりも、いま目の前にいる人のほうが大切だからです。ここでは、そう思える人に主体の視点を譲りました。

●セーブポイント　ここまでをセーブしますか？ ▼はい

◆歌の中の主人公は、「作中主体」、または単に「主体」と呼ばれる。
◆特に記載がなければ歌の中の動作は「主体」によるものとされる。
◆推しと離れてみる、あるいは同化する。

無機物になって詠んでみる

よくオタクの間では**「部屋の壁になって二人を見守りたい」**という願望が口にされますが（この場合の「壁」はあらゆるものに置換可能です）、**歌の中では無機物になることも可能**ですし、小説でいう**「神の視点」**を取るなど、俯瞰することもできます。

木洩れ陽は僕のからだを通り抜けあなたの頬をゆるゆる照らす　榊原紘『悪友』

これは「Kraków」という連作の中の一首です。この歌は、眼鏡が好きな私（榊原紘。のちに眼鏡屋となり、眼鏡作製技能士の資格を取る）が、眼鏡になりきって作った歌です。

何かを意図して短歌を作ったとき、完璧に読み手に伝わるようにするのは、よほど注意深く作り、そしてよい読み手に出会わない限り難しいです。この匙加減は歌人によって、さらに言えば一首ずつ違ってくるものだと思います。**きっちり説明するだけの歌はつまらない**ですし、かと言って、**致命的な誤解の読みがどんどん生まれてくる**

ような歌は改善の余地があります。

たとえば、「目は合ったが、声はかけられなかった」という言葉を見たときに、「声をかけることができなかった」と「相手から声をかけられはしなかった」だと、かなり違った印象になります。このように、自分としてはAという状況を考えて作り、それ以外で読まれると思っていなかったことに対し、BやCといった別の状況が読み取られることは、実はたくさんあります。それは、「この歌が色々な可能性を持っている」と好意的にとられるよりもむしろ、「もっと適した言い方がある」と思われてしまいます。

自分で判断できるようになるまで、かなり時間がかかります。人に尋ねたほうが早いです。一番手っ取り早く多くの人から意見を募れるのが「歌会」です。それは二一五頁から説明するので、もう少し待っていてください！

●セーブポイント　ここまでをセーブしますか？▼はい

◆主体は無機物などにも設定可能。
◆説明だけの歌はつまらないが、誤読が生じる歌は改善余地あり。

自分の言葉を選ぶ

「愛」というとても大きく、そして便利な言葉があります。「愛している」という言葉は、相手への大きな感情ですが、その表明の仕方は色々あります。**「嬉しい」や「悲しい」をそのまま書かないほうがよい**とお伝えしましたが、「愛している」も同様です。

私がこの世で一番好きなアニメである松本理恵監督の『京騒戯画』の最終回で、胸の熱くなる親子喧嘩のシーンがあります。「パパはさ、よく言ってくれるよね。「愛してる」って。でも、何も分かってないよ！」と、主人公のコトがパパに殴りかかり、「じゃあ、お前は分かってるのか？　コト」と返されて頭突きや洒落にならないパンチを繰り出しながら、愛とは何かを訴えるシーンです。

「私たち、いつも一緒に夕陽見たよね。ご飯食べたよね。そういうのが、愛だよ！」
「つまんないことでケンカしたり、くだらないことで笑ったり、いつもより五分早く帰ってきたりする、そういうのが、愛だよ！」

「笑ったり、泣いたり怒ったり喜んだり、いつも、一緒にしてくれたよね。そういうのが、愛だよ!!」

泣きながら文字起こしをしているのですが、特に「いつもより五分早く帰ってきたりする」のところが、私は好きです。相手が五分早く帰ってきた／自分が五分早く帰ることを、偶然だとか気まぐれだとか思わない、相手を愛しているからだって思う、それ自体が、それこそ愛ではないですか？

また、愛についての引用をもう一つ。アリス・ウー監督の映画『ハーフ・オブ・イット 面白いのはこれから』の主人公・エリーは優等生で、同級生のレポートの代筆でお金を稼いでいます。そしてそのお金を、母を喪ってからふさぎこむ、英語が不得意な父（エリーの家系は中国系です）との生活の足しにしています。ある日、アメフト部のポールから、ラブレターの代筆を頼まれますが、その送り先は学校でも人気のアスターでした。アスターはエリーが思いを寄せる相手でもあります。恋や友情を通し、相手に送る言葉を考えることで、自分自身を見つけ出すストーリーです。

『ハーフ・オブ・イット』には、たくさんの愛についての言葉が登場します。ヴィム・ヴェンダース監督の映画『ベルリン・天使の詩』からは「渇望してる。愛の波に満たされるのを」や、オスカー・ワイルドの「恋は、いつだって自分を欺くことから始まり、他人を欺くことで終わる。これが世間でいうロマンスというものである」といった言葉が引用されます。しかし、物語の終盤で、エリーはついに自分の言葉で愛を定義するに到るのです。

「愛は寛大でも親切でも謙虚でもない。愛は厄介。おぞましく利己的。それに大胆。愛とは……良い絵を台無しにすること、すごい絵を描くために。大胆な筆触ってこの程度？」

この台詞をエリーが言う場所が教会（キリスト教的価値観の象徴）で、アスターは絵を描く仕事に就きたいが周りの期待から自分のやりたいことを諦めようとしている、というのが大切な点ですが、それにしても「愛とは」という問いの答えが、「良い絵を台無しにすること、すごい絵を描くために」って……すごくないですか⁉

長々と書きましたが、要するに、**あなたの愛を伝えるときに、あなたの言葉を選んでほしい**のです。「愛している」と思ったときに、人の言葉を丸々持ってくるのではなく。

●セーブポイント　ここまでをセーブしますか？　▼はい

◆自分の気持ちを伝えるために、自分の言葉を見つける。

推しと短歌をつなげるワークシート③

推しをもっと考えるため、プロフ帳を作ってみましょう！

「推し」の名前

外見のチャームポイント（3つ）

・

・

・

内面で印象的なところ（フリー記述）

似合う色、喩えるならこんな色

口癖、言いそうなこと

好きな食べ物　※偏食家だったら嫌いな食べ物を教えてください。

好きな本　※読書が好きではなかったら、これには目を通していそうという文字の書いてあるものを教えてください。

好きな音楽　※音楽が好きでなかったら、こういう音が好き、こういう音に敏感そう、というのを教えてください。

推しと短歌をつなげるワークシート④

ここまでを振り返って、一首定型で作ってみましょう。

チェックポイント

□音数は五七五七七になっていますか。
□「君の目は輝くダイヤ」など意味の重複する言葉を使っていませんか。
□「愛しい」「嬉しい」など感情を現す言葉をそのまま使っていませんか。
□推し短歌三原則（四三頁）を踏まえられていますか。
□読み返してみて、誤読される可能性がないか検証してみましょう。

（「推す」ことについて）。

「推し」への感情をフックに短歌を作ったことも数多くありますし、オンラインカルチャースクールでも「推しと短歌」という講義を八期にわたって行ってきました。しかし、**「推す」ことを無邪気に推奨することは私にはできない**、というのも事実です。

『文學界』二〇二二年五月号に「推しと短歌」について原稿のご依頼をいただき、短歌は私にとって心の形を知るための鋳型のようなものだと書きました。頭で整理されたことだけが歌になるわけではなく、歌にしてしまった・なってしまった後で自分の心の形に気づくことができるのです。そのとき、私はその歌にしたときの感情と共に生きようと思ったことがあると思い出します。「推し」を通して世界を捉え直すことで、私自身を生き直させることができる、と。なので私は、「推す」ことを自分のための行為として肯定する立場をとりました。

私の二〇二二年五月時点での考えが一旦この世に出たわけですが、私の話がここで終わったとか、考えが決定したということにはならないと思います。私自身はこの文章に対してもちろん責任を負いますが、「推し」にまつわるカルチャーについては今後も議論が重ねられるでしょうし、それをふまえて今後も考え続けていける、と思っています。

実際、ファン（推す側）から文化を捉える本が近年目立ってきています。

・ヘンリー・ジェンキンズ『コンヴァージェンス・カルチャー　ファンとメディアがつくる参加型文化』（渡部宏樹、北村紗衣、阿部康人訳、晶文社、二〇二一年）
・香月孝史、上岡磨奈、中村香住編『アイドルについて葛藤しながら考えてみた　ジェンダー／パーソナリティ／〈推し〉』（青弓社、二〇二二年）
・久保（川合）南海子『「推し」の科学　プロジェクション・サイエンスとは何か』（集英社、二〇二二年）
・鳥羽和久『「推し」の文化論　BTSから世界とつながる』（晶文社、二〇二三年）

『「推し」の文化論　BTSから世界とつながる』では、他者を「使用」することで私たちが主体化を実現することが述べられています。普段使っている言葉もそうですが、「推し」もまさに私たちの「使用」の対象の一部です。推しの輝きや不完全さを享受、あるいは投影しながら生きています。しかし、そのことに無自覚になり、推しが自分の思い通りの存在ではない＝「使用できなくなった」と感じるとき、攻撃的になり、「アンチ」に転じてしまいます。

敵をあえて作り出して鏡として自己を権威化することで主体化を果たしたにもかかわらず、言い換えれば、敵という他者を使用して主体化が実現したにもかかわらず、そのことを隠蔽してしまうのがレイシズムの問題だとすれば、「使用」に無自覚なファンたちは、推しが私の主体化を支えてくれたという事実を忘却することで、易々と「支配関係」に陥り、レイシズムに近接します。（同書一三六頁）

この後、ツアーでＢＴＳのメンバーのＲＭさんが発言した内容や、ＢＴＳの歌詞について興味深い議論が続くのでぜひ読んで確かめてほしいです。ともあれ、引用した箇所は私が（このような高い精度でないにせよ）「推し」と「短歌」の二つの要素を重ね始めた頃から考えていることでした。

簡単に、「「推す」って暴力だから今後は絶対にやめるべき」とか、「「推す」のは最高！「推し」のためにもなるからする（しょう）！」とか、**ゼロか百かの話ができたら楽なのですが、結局のところ、そんな極端で簡潔な答えはどこにもありません。**

人やものにどうしようもなく心が動かされることを完全に制御できるとしたら、どれだけ世界が整うのだろうと思います。同時に、どんなにつまらない世界になるのだろうとも思います。そして多くの創作物は、この世から消えていくでしょうし、生まれることはないでしょう。だからといって、作り出せるのだから偉いとか、そういう話にもなりません。

ただ、自罰的になりすぎたり盲目的になったりせず、考え続けていきたいですし、それを勧めていきたいです。

「「推し」の短歌を楽しく作りましょう」という気持ちと、「短歌にすることで「推し」について丁寧に考えていきましょう」という二つの気持ちがあって、それらは両立すると、私は信じます。**静かに技術を磨くことと、「推し」について情熱的に考えることは両立する**のだと。

そして、「推し」だけではなく、なにかを考えていくための回路に、短歌というツールが選ばれたとしたら、私はそれを応援したいのです。

じっくり詠んでみたくなったオタクのための短歌の技法

〈言葉の合成獣を作る〉

まずは最低限押さえるべき基本ルールについてお話ししました。では、短歌をどのような発想で作っていけばいいでしょうか。

物を作り出すことにおいて、私がよく思い出すのは夏目漱石『夢十夜』です。第六夜で運慶が、仁王の「眉や鼻を鑿で作る」のではなく、「あの通りの眉や鼻が木の中に埋(うま)っているのを、鑿(のみ)と槌(つち)の力で掘り出す」と評する場面があります。短歌でも同じようなことを言う歌人を知っています。つまり、この世には歌が既に存在していて、それを彫り出しているだけだということです。

それはその歌人からしたら正しいでしょうが、私の場合はそうではないときのほうが圧倒的に多いです。

では、どのような感覚なのかというと、言葉の欠片を拾ってきて、それを繋ぎ合わせる感覚です。下の句を切り取って別の歌の上の句とくっつけるなど、**合成獣(キメラ)のような歌**も多いです。

どんぐりを胸の底から拾いあげ明かさなくてもいいと話した　榊原紘『悪友』

この歌は、歌集内では明記していませんが、今石洋之監督の映画『プロメア』のガロ・ティモスからリオ・フォーティアへの歌として作りました。

まず、「明かさなくてもいい」というフレーズが浮かびました。『プロメア』はガロ・ティモスとリオ・フォーティアが互いの過去を知らないまま、異なる立場（高機動救命消防隊バーニングレスキューの隊員と、炎を操る人種バーニッシュの親玉）のまま共闘し、ラストシーンでは一緒に街の再興へ踏み出すことを予感させます。人は相手のことを全部知らなくても、全部理解しなくても、一緒に生きることができると思い、この歌ができました。

さて、「明かさなくてもいい」は九音です。ここで、「明かさなくても」が七音、「明かさなくても」と「いい」を分けましょう。「いい＋〇〇〇（三音）」で五音にすると、「明かさなくても／いい〇〇〇」は、七音と五音になります。思い出してみましょう、短歌の基本は五七五七七です。つまり、「明かさなくても／いい〇〇〇」は、二句目と三句目になります。

○○○○○／明かさなくても／いい○○○／○○○○○○○／○○○○○○○

もしくは、「明かさなくても／いい○○○○○」で七音と七音にすると、四句目と結句になります。

○○○○○／○○○○○○○／○○○○○／明かさなくても／いい○○○○○

あとは○にあたる部分を考えるだけです。

二人にはこれからいろんな対話があると思ったので、「話した」という言葉をメモしておきます。「話す」という動作には聞き手が必要なので、自然に、「君」や「あなた」という言葉を使わずとも相手を示すことができると思いました。「と」を入れるとちょうど五音なので、「いいと話した」で結句が完成します。

○○○○○／○○○○○○○／○○○○○／明かさなくても／いいと話した

さて、どんなとき・どんな景色の中で話をさせましょうか。

ここでの会話とは流暢な流れではなく、もっとぽつぽつとした、言葉を探したり拾ったりするようなテンポになるのではないかと思いました。「拾い上げる」や落ちているものとしての「木の実」、「どんぐり」といった言葉が思いつきます。

「どんぐり」は大きな樹になりますし、童心の表れでもあります。童心があった時代を知らない二人にはいいモチーフではないでしょうか。

実際、どんぐりをそのまま拾ってきてもいいのですが、心象風景にしようかと「どんぐりを胸の底から拾い上げ」にしました。


どんぐりを胸の底から拾い上げ明かさなくてもいいと話した

まとまっているように見える歌も、メモや断片から出来上がることがあります。気になった言葉、いいと思ったフレーズがあれば、どんどんメモしていきましょう。

●セーブポイント　ここまでをセーブしますか？ ▼はい

◆よいと思ったフレーズや単語はメモしよう！

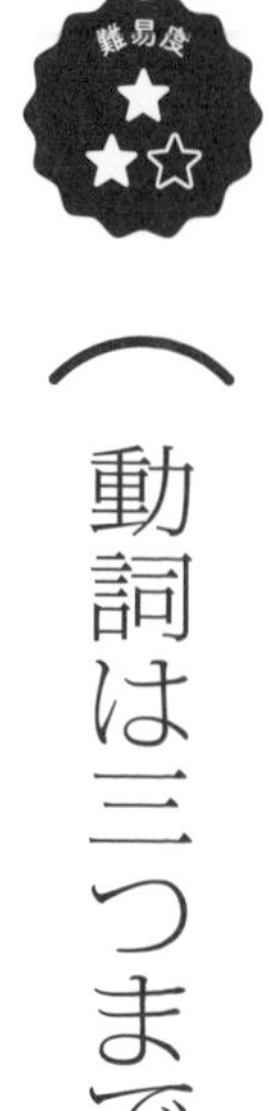

動詞は三つまで

どんぐりを胸の底から拾い上げ明かさなくてもいいと話した

一旦出来上がった歌を書いてみましたが、動詞が多い印象を受けます。個人的な考えですが、一首の中に動詞が四つあると多いと感じます。動詞が多いと何がいけないかというと、一首が動きを追うことに終始し、パラパラ漫画のようになってしまうのです。動きがなめらかではなく、動作以外の感情や景色が見えてこないのです。

私の場合は複合動詞も別々にカウントするので、「拾い上げ」は、動詞二つにカウントされます。「拾う」「上げる」「明かす」「話す」の四つの動詞が存在することになるのです。解決法として、「ひらがなにひらく」があります。

拾い上げ↓拾いあげとひらがなに書き換えると、「動詞感」が薄れるのです。

どんぐりを胸の底から拾いあげ明かさなくてもいいと話した

という表記でこの歌は決定しました。「あげ」・「あかさな」の「a」音の連なりや、「いとはなした」の「i」音のリズムが気に入っています。

動詞が四つあると多く感じると書きましたが、動詞が四つ以上のよい歌はあります。

走りながら渡されて笑いながら受け取る爪を柄にもなくたずさえて
佐伯紺『たべるのがおそい』vol.7

「ながら」の繰り返しや最初の母音「a」のリズムが、六・五・六・七・六・五（または十一・六・七・十二）という変則的な流れを生み出しています。動詞を多く並べることで、爪を走りながら揚げる一連の流れを歌そのものの流れで表現していると言えます。

動詞を多く採用した歌にもよい歌はありますが、かなり高度な技術のように思います。始めたての人はまず動詞を減らしてみて、歌をシェイプアップさせましょう。

●セーブポイント　ここまでをセーブしますか？▼はい
◆はじめのうちは、一首の中の動詞は三つまで。

〈かな遣い・言葉遣い〉

さて、短歌を作る際、あなたは**どんな「かな遣い」や「言葉遣い」**で作りますか？

日本語で表す短歌には**「新かな」と「旧かな」**の二通りのかな遣いがあります。「新かな」とは、「新かな遣い」をつづめた言葉です。現代かな遣いともいい、現在日常的に使われています。「旧かな」とは、「旧かな遣い」をつづめた言葉です。旧かな遣いとは、歴史的かな遣いともいい、平安時代中期以前の表記がもとになっています。

簡単に言うと、**「おはよう」が新かな、「おはやう」が旧かな**です。

さて、もう一つ選択できるものがあります。**口語か、文語か。**口語とは、話し言葉のことです。短歌では、現在私たちが日常で使っている言葉で書かれたものもこのように呼びます。「～だよ」は口語です。

文語とは、明治時代以前の書き言葉のことです。現代の話し言葉とは文法が異なります。「～なりし」は文語です。

口語の長所

・親しみやすい
・現代の感覚をそのまま表現できる

文語の長所

・格調高い
・少ない音数で多くの意味を伝達できる
例：泣きたくなってしまった（口語）より、泣きたくなりぬ（文語）の方が音数が少ない。

現在は、**口語×新かなで作る人が圧倒的に多い**印象を受けます。ただ、文語も文語で格好良いですし、「少ない音数で多くの意味を伝達できる」というのは、定型詩である短歌において大きな強みと言えるでしょう。それぞれ違った味わいを出せるのが面白いところです。

皆さんはここから、**「口語新かな」「口語旧かな」「文語新かな」「文語旧かな」の四つのうちのどれかを選んで歌を作っていく**ことになります。それぞれ印象や方向性を左右する、大切なものです。ゲームで最初に選んだアイテムによってその後のステータスに変化がある、という設定に似ていますね。後述しますが、ミックスできるものもあれば、できないものもあります。具体的に見ていきましょう！

①口語新かな

すごい雨とすごい風だよ　魂は口にくわえてきみに追いつく

平岡直子『みじかい髪も長い髪も炎』

②口語旧かな

わたしの彼女になつてくれる？　穂すすきのゆれてささめく風の分譲地

睦月都『Dance with the invisibles』

③文語新かな

君の死後、われの死後にも青々とねこじゃらし見ゆ　まだ揺れている

大森静佳『てのひらを燃やす』

④文語旧かな

われらかつて魚なりし頃かたらひし藻の蔭に似るゆふぐれ来たる

水原紫苑『びあんか』

①と③は新かな、②と④は旧かなで作られています。これらの歌はそれぞれかな遣いと言葉遣いの組み合わせが異なり、受ける印象も、かなり違うのではないでしょうか。歌を作るときは、**一首・連作内でかな遣いを統一しましょう**。混ざっていると、かな遣いが間違っていると思われてしまいます。新かなを使っていた作者が旧かなにするということも、あるいはその逆のケースもありますが、かな遣いを何度も変える作

者はほとんど見ません。生涯を通して同じかな遣いか、一度変更したらその後はずっとそのかな遣いを選択するかです。

かな遣いの変遷があった場合、歌集にまとめる際にそのまま混在させる人と、どちらかに統一する人がいます。私も一時期旧かなを使用していましたが、第一歌集の『悪友』では新かなで統一しました。また、言葉遣いの面では、①と②は口語で、③と④は文語で作られています。この口語と文語はどちらかだけで歌を作る人もいますが、歌によってミックスされているのも多く見られます。

これから詳しく歌を見ていきますが、例に挙げた歌が口語もしくは文語だからといって、その人が口語しか・文語しか作らないというわけではありません。

①口語新かな

すごい雨とすごい風だよ　魂は口にくわえてきみに追いつく

平岡直子『みじかい髪も長い髪も炎』

「すごい雨とすごい風だよ」という、ざっくりとした把握が呼びかけの形で提示されます。台風でしょうか。そんな中で、「魂は口にくわえてきみに追いつく」と言われるのでびっくりします。体の中、心の中、なんにせよ魂は何かに内包されていそうなもので、外に出したら危ないです。そんなすごい雨とすごい風の中ならば、なおさら。

けれど、口にくわえるなんて肉食獣みたいな動作をされて、風雨に抗うように主体は「きみ」に迫る。緊張感が心地よい歌です。

②口語旧かな

わたしの彼女になつてくれる？　穂すすきのゆれてささめく風の分譲地

睦月都『Dance with the invisibles』

「わたしの彼女になつてくれる？」という呼びかけは話し言葉（口語）ですが、「っ」ではなく「つ」で旧かな遣いです。「私」という漢字でのフォーマルな一人称は性別を問わず使用しますが、「わたし」と書くと「私」よりも主体が「女性」である確率が高くなります。一人の読者として「わたしの彼女になつてくれる？」という発話は、女性から女性への問いのほうがふさわしいとも思いました。

そんな願望を含んだ問いかけの後に一字空けで提示されるのは、穂すすきが揺れる景色です。風で揺れてささやいているかのような穂すすきがある場所は、「風の分譲地」と表現されています。目に見えない風が、穂すすきの動きによって可視化されるように、見えなかった（とされる）存在がここにはっきり見えてくるのです。

「分譲地」を、「同性」の二人組が「異性」の二人組よりも購入しづらいこともまた、この歌に無関係とは思えません。

ささめいているのは穂すすきですが、この「ささめく」は、「わたしの彼女になってくれる？」という問いにもイメージを投影しています。つまり、はっきりとした声ではなく、小声でのやりとりだったのでしょう。

③文語新かな

君の死後、われの死後にも青々とねこじゃらし見ゆ　まだ揺れている

大森静佳『てのひらを燃やす』

「見ゆ」は「見える」という意味の言葉です。「ねこじゃらし」や「揺れてゐる」という表記ではないため、新かなの歌です。この歌では、「青々とねこじゃらしが見える」と言います。それも、「君の死後、われの死後」に。では、「青々とねこじゃらし見ゆ」と言っているのは誰でしょうか？　それは肉体のない語り手であり、また、その語りを聞いた読者でもあるでしょう。一字空けの後に「まだ揺れている」と言われると、この一字空けの後にどれだけ途方もない時間が流れたのだろう、と思えます。

デヴィッド・ロウリー監督の映画『A GHOST STORY　ア・ゴースト・ストーリー』は、事故で死んだ夫が幽霊となって自分の死後の妻を見守る映画ですが、次第にかなり先の未来や過去に時間が飛ばされ、さらには生きていた頃の自分を目にするシーンがあります。この歌に描かれているのも、単なる二人の人間の死後ではなく、

もっと多層的な時間や視点が入り組んでいるのではないか、と思えてきます。

④文語旧かな

われらかつて魚なりし頃かたらひし藻の蔭に似るゆふぐれ来たる

水原紫苑『びあんか』

「私たちがかつて魚だった頃に語らっていた、その藻の蔭に似ている夕暮れが来ました」。意味としてはこのようになるでしょう。「われら」の格調高さや「なりし」と「かたらひし」、「似る」と「来たる」の韻の踏み方などは、やはり文語ならではです。いきなり自分を含めた前世の記憶を突きつけられる驚きと、それ以上に今ここにいるという強烈な実感が、「藻の蔭に似るゆふぐれ」という光の加減や色合いが絶妙な景色と共に迫ってきます。

●セーブポイント　ここまでをセーブしますか？ ▼はい

◆旧かなと新かなは一首の中でミックスできない。
◆かな遣いは作者にとっては基本的に固定。
◆文語と口語はミックスできる。

見かけた、読んだ「口語新かな」「口語旧かな」「文語新かな」「文語旧かな」を書いてみましょう！　そして、それぞれ口語の場合は文語にしてみたり、かな遣いを変えてみたりして、印象の違いがあるか考えてみましょう。

短歌に本気なオタクのためのワークシート①

「口語新かな」の歌

「口語旧かな」の歌

「文語新かな」の歌

「文語旧かな」の歌

〈一字空け・全角〉

天才　と云うとき生まれる崖がありその双眸を一度見ただけ

榊原紘『ｋｏｒｏ』

もう既にしれっと登場しているのですが、改めて。**「天才　と」の空白の部分を「一字空け」**といいます。字空けは空白（スペース）のことですが、これは全角で一字分だけ空けます。

全角のお話が出たついでにお伝えしますと数字は一桁の場合は全角アラビア数字もしくは漢数字。**二桁の数字の場合は、半角で縦中横にされているか、漢数字。それ以上の桁では漢数字**が多いです。例を見てみましょう。

〈正しい数字表記〉

１千万円あったらみんな友達にくばるその僕のぼろぼろのカーディガン

山手線とめる春雷　30歳になれなかった者たちへスマイル

永井祐『日本の中でたのしく暮らす』

〈この表記は基本的にしない〉

1千万円あったらみんな友達にくばるその僕のぼろぼろのカーディガン

山手線とめる春雷　30歳になれなかった者たちへスマイル

話を戻しましょう。**一字空けには様々な機能があります。**

①カメラの切り替えのため　②同じシーンの一拍を示すため　③読みやすさのため

これらは複数該当する場合もあります。順に見ていきましょう。

①カメラの切り替えのため

氷面鏡(ひもかがみ)　そうだ命をそばだてて此処まで奪(と)りに来てみたらいい

榊原紘『ｋｏｒｏ』

氷の表面が光って鏡のように見えることを「氷面鏡」といいます。厳しい寒さの中でもきらきらとして綺麗な、けれど滑るので危ない氷面鏡がある景から、主体から他者への感情の描写にカメラが切り替わります。

普通、耳や目に使われる「そばだてる」という言葉に「命」を組み合わせ、存在ごと奪い合うような緊迫した関係性を描きたいと思い、作りました。

②同じシーンの一拍を示すため

言いかけて、やめる　言いかけてはやめる　言いかけたとき風がきこえる

杜崎アオ『短歌研究』二〇一五年九月号

第五十八回短歌研究新人賞次席の連作の一首です。相手に何か伝えようとするも、発話にはならない時間が存在しています。主語は「私」のみで、視点も大きく動きません。「言いかけて、やめる」と「言いかけてはやめる」の微妙なニュアンスの違いが一字空けで並べられた後で、また一字空けて「言いかけたとき風がきこえる」という、風で言葉がかき消されるよりもさらに手前の状態が描写されます。同じシーンでの微妙な時間の経過、言葉の意味が少しずつずれていく感じが、一字空けで表現されているのです。

③読みやすさのため

雨の屋根つらなるプラハ　ゴーレムの崩れたあたりに僕は立ってる

榊原紘『悪友』

雨の屋根／つらなるプラハ／ゴーレムの／崩れたあたりに／僕は立ってる

雨の屋根つらなるプラハ　ゴーレムの崩れたあたりに僕は立ってる

右のように、句の切れるところで言葉も切れているため、詰めても大きく意味に違いは出ないかもしれません。しかし、左のように詰めてみると、少し読みづらいです。読む人に、「「プラハゴーレム」という単語が自分が知らないだけで存在するのかも」と思われてしまうおそれもあります。漢字が連なる場合も同様ですが、その場合は表記を変えることで解決できます。

雨の屋根連なるプラハ　ゴーレムの崩れたあたりに僕は立ってる

可能性は低いと思いますが、「屋根連（やねれん）なるプラハ」と読まれるかもしれないため、「つらなる」をひらがなにしました。

ここで、「「読みやすさのために一字空けをする」ならば、句ごとに空いていたほうが読みやすいじゃないか！」と思われるかもしれません。ただ、四〇頁でも書いたように、句ごとに切ると音と意味がぶつ切りになってしまい、単調になってしまうのです。また、五七五七七の句ごとにしか切れない歌ばかりになるため、句跨り（一一六頁）などの技法が使用できません。

このため、**読みやすさのために一字空けをするのは、最終手段**のようなものです。一字空けだけではなく読点「、」と句点「。」が使われることもあります。

読点を使った歌

季節、銀紙、殺しえぬものたちを橋くぐる水の昏さに放す

服部真里子『遠くの敵や硝子を』

あなたより私が必ず、先に死ぬ　そう決めてからふれる金剛　安田茜『結晶質』

渡さないですこしも心、木漏れ日が指の傷にみえて光った

平岡直子『みじかい髪も長い髪も炎』

一首目は名詞の羅列を区切るための読点、二首目は「あなたより私が必ず先に死ぬ」という予感のような宣言における強調のための読点、三首目は二句目までとそれ以降を切りながらもゆるく繋げるための読点です。

句点を使った歌

風。そしてあなたがねむる数万の夜へわたしはシーツをかける

笹井宏之『てんとろり』

また言ってほしい。海見ましょうよって。Coronaの瓶がランプみたいだ
千種創一『砂丘律』

一首目は「凪」がただ吹いている景色を顕現させ、風が吹く中で何が起こるのか、という別の話を始めるための区切りとして句点が機能しています。二首目は口調の区切りのために句点があります（一首ずつの詳細は一四三頁）。

読点「、」と句点「。」と一字空けのそれぞれの使い分けはこんな感じです。

読点「、」→羅列、口調の言い差しや強調。わずかな切れ
句点「。」→情景や口調の提示。カメラの位置（視点）を変えずにしっかり切れる
一字空け→スタンダード。しっかり切れる。カメラの位置（視点）も変えられる

読点、句点、一字空けの順に「切れ」の機能が強いですが、これは歌人によって考えも違います。それぞれ当てはめてみて、どれが一番しっくりくるか考えてみましょう。

一字空けは**短歌の作り方の王道の一つである、「景と感情の取り合わせ」**にとても有効です。本題とは離れますが、この「景と感情の取り合わせ」という歌の作り方についても少し紹介しておきましょう。

パンケーキに滲みるシロップ何よりもまず君は愛に耐えねばならぬ

松野志保『われらの狩りの掟』

「シロップが滲みているパンケーキ」という景色・モノの描写と、「まず君は愛に耐えねばならぬ」という感情の取り合わせの歌です。

パンケーキは甘く、やわらかく、やさしいイメージがあります。そこにシロップが滲みている、美味しそうな景色です。「愛」というのも、一般的にはよいものです。しかし、だからこそ与えられると、時に悪意よりも拒みづらく、あらゆることを包括するがゆえに支配に転じてしまうことが往々にしてあるものです。「何よりもまず君は愛に耐えねばならぬ」には、そういった「愛」や「愛する者」が持つ恐ろしさが込められています。そうなると、「パンケーキに滲みるシロップ」という六・七音の初二句は、ただ甘く美味しそうなだけではなく、パンケーキはシロップを垂らされたらそれが滲み込まざるを得ないこと、シロップを拒めないことが描かれているのではないでしょうか。甘さにコーティングされた侵略に似た何かが、そこに見えてきます。

単なる景色が、感情の取り合わせによって変容して見えてくること。それが短歌という器の中で見せることができることの一つです。

ハードモード

二字空けの短歌もあります。

月を見つけて月いいよねと君が言う　　ぼくはこっちだからじゃあまたね
永井祐『日本の中でたのしく暮らす』

「言う」と「ぼくは」の間は二字空けです。月を見つけて「月いいよね」と言った君に対して、どのように言葉を返したのか、あるいは返していないのかすらも分かりません。シーンが欠落しており、「ぼくはこっちだからじゃあまたね」と、特に冷たくもなく険悪にもなっていない別れのシーンに繋がります。その場面と時間の間（ま）が二字空けで表されています。

二字空けは一字空けほどの頻度ではないですが、現代短歌の歌集を読んでいると十冊読んで一首あるかないかくらいの感覚で存在します。

また、（短歌の基本を知った上での）半角の字空けや三字空けもあります。

これらは、**守破離で言う「離」くらいの段階**なので、まずは縦に一行書き・一字空けは全角という方法で自分の歌を磨いてみてください。

短歌に本気なオタクのためのワークシート②

一字空けの歌（自作、他作問わず）を書いてみましょう。また、一字空けをなくして（詰めて）書いてみて、印象が変わるかどうか考えてみてください。

●セーブポイント　この章をセーブしますか？ ▼はい

◆字空けは（二字以上、半角もありますが）全角の一字空けが基本。
◆一字空けにはいろいろな効果がある。

 定型・破調 

あらゆるゲームには定石があります。ゲームをこなすうちに、得意な型ややりがちなパターンが生まれるものです。それ自体は経験の賜物で、悪いことではありません。しかし他人のプレーを見ているうちに新しいことに挑戦したくなる。それもまた素敵なことです。

『ハイキュー!!』の梟谷学園高校対猪坂高校のある場面で、梟谷のアタッカーが全員用意ができた体勢になります。そこでトスを上げるセッターの赤葦には、「ここはやはり前衛レフト」「マーク薄そうなライト」「敢えての最速真ん中」「絶好調の木兎さんにのっかる」「囮としての方が有効では?」「ミスる可能性」などたくさんの選択肢や考えが浮かびますが、バックアタックに構える木兎さんを見て、**「ちょっとやってみたい」**と思い、木兎さんにトスを上げます。

この、たくさんの選択肢が浮かぶことが経験の産物であり、「ちょっとやってみたい」と思えることが、新しい自分を切り開く鍵になります。

短歌には様々な形があり、色々な技術があります。そしてそれは、たくさんの他の人の作品を読むことで、自分のものになっていくのです。

①定型

待つほどのうれしさもなし薬紙鶴にたゝみてまたねむりつぐ　　小玉朝子『黄薔薇』

②字余り

正しさはバースデーケーキのろうそくのほのおくらいの小ささでいいの　　飯田有子『林檎貫通式』

③字足らず

あかときの雪の中にて　石　割　れ　た　　加藤克巳『球体』

①は定型の歌です。「待つほどの／うれしさもなし／薬紙／鶴にたゝみて／またねむりつぐ」と、五七五七七できっちり作られたものを指します。

②は字余りの歌です。「字余り」とは、定型から音がはみ出ているものを指します。「正しさは／バースデーケーキの／ろうそくの／ほのおくらいの／小ささでいいの」で五九五七八、二句目と結句が膨らんでいますね。

③は字足らずの歌です。「字足らず」とは、定型よりも音が少ないものを指します。「定型」ではないものはまとめて「破調」とも呼ばれます。三十一音でも句跨り（一一六

頁）や句割れ（一一七頁）を起こしているものも「破調」とされることがあります。

冬の薔薇浸せる水がうっすらとオフェリアの体温にちかづく

鈴木加成太『うすがみの銀河』

この歌は、「冬の薔薇／浸せる水が／うっすらと／オフェリアの体／温にちかづく」と、音だけでは五七五七七なのですが「体温」という語が四句目と結句で句跨りをしているので、「定型」とは言いづらいのです。

破調はよくないと思われがちですが、**効果的に利用できていれば「破調なので悪い」ということは、私は無いと思っています。**「定型ならよい」わけでもないのと同様です。

ハードモード

たいていの短歌は縦に一行書きですが、**分かち書き**（**多行書き**）を用いる人もいます。先に書いたように、句ごとの分かち書きは句跨りや句割れという技巧が使えないのですが、次に挙げる二首は分かち書きをしながらも、句ごと（五七五七七ごと）の分け方ではありません。

五七五七七ではない部分で行を分けるこの方法は、視覚的にも余白を生み出し、配置そのものにも技術がありそうです。かなりの高等テクニックなので、今はこういうのもあるんだな、くらいで大丈夫です。

眩しさに目を
伏せたのではない
光に同意し
頷いたのだと
小林久美子『小さな径の画』

「水菜買いにきた」
三時間高速を飛ばしてこのへやに
みずな
かいに。
今橋愛『O脚の膝』

●セーブポイント　ここまでをセーブしますか？▼はい

◆短歌には定型、字余り、字足らずなどの形がある。

碧梧桐とはよく親しみよく争ひたり
たとふれば独楽のはぢける如くなり　　虚子

これは、虚子が碧梧桐を追悼して寄せた句です。「碧梧桐とはよく親しみよく争ひたり」は詞書です。

高濱虚子と河東碧梧桐は明治・大正・昭和の俳壇史に必ず登場する俳人で、「ライバル関係」というのが、一番簡単な説明です。同居をしていたこともありましたが、俳句の方向性の違いなどによりよく喧嘩もしていたといいます。虚子は俳句結社「ホトトギス」の長であり、俳壇の重鎮でしたが、碧梧桐は次第に俳壇からは遠ざかりました。一時期は煎餅屋を開こうとしていたこともあります。疎遠な時期もあった二人ですが、生涯交流があり、碧梧桐が亡くなったときに虚子はこのように句を作っているわけです。「たとえるなら独楽がはじけるようなものだ」と言いたいのは、もちろん、自分と碧梧桐の喧嘩独楽のような関係です。時に近づき合い、近い分ぶつかり合ったその歴史を、一句丸ごとこのような比喩に費やすなんて、すごいと思いませんか？熱くなりすぎてしまいました。短歌の本なのに俳句の話をしたのは、これがどうしても好きなエピソードだからです。それだけです。

比喩は効果的に使用されると高いエネルギーを放出できるということを分かっていただければ、それで構いません。

①直喩

よくなるのを黙って待ってくれているホールケーキのような友人

絹川柊佳『短歌になりたい』

「〜のような」、つまり直喩の歌です。肉体のことか精神のことか、とにかく主体は「よくない」状態にあり、その回復を静かに待っています。「黙って待ってくれている」の「くれている」のあたりに、この友人の沈黙が主体にとってありがたいものだと分かります。「ホールケーキのような友人」の比喩に驚きがあります。「ケーキのような友人」だと甘くてやわらかくて……という感じがしますが、「ホールケーキのような友人」だとどっしり構えている感じ、円という〈完全〉さもプラスでのっかってきます。主体にとって友人自体が、何かめでたいというか、寿ぎの気持ちを覚える存在なのでしょう。

②暗喩

あなたはわたしの墓なのだから　うつくしい釦をとめてよく眠ってね
大森静佳『カミーユ』

「〜のような」がない比喩、つまり暗喩の歌です。「あなたはわたしの墓」という強い比喩ですが、「〜のような」とぼやかさず暗喩にしていることが、この歌の強度を高めています。「うつくしい釦をとめてよく眠ってね」という子守歌のような願いも、「あなたはわたしの墓なのだから」の後にくると、全く違う顔を見せるのです。

③擬人法

吊り革を握るあなたの手指にも横顔があるしんと締まって
道券はな『短歌』二〇二〇年十一月号

擬人法の歌です。天井の木目が顔に見えるとか、日常の何気ない景色が別の物に見えることはあるものです。ここでは、「吊り革を握るあなたの手指」に「横顔」を見ています。ただ、これは木目のように具体的にどこが目で口で……というよりも、ぐっと吊り革を握って、「しんと締まって」いる状態という、普段の手の状態とは違う新しい形をそのように表現しているのだと捉えました。吊り革を握るのは座席に座れず、ある程度混み合った車内での行為でしょう。車内のうっすらとした緊張感も伝わりますし、その中の手の形に言及する見事な着眼点が、無駄なく一首で表現されています。

花の下きっとあなたと立っている漢詩のように足をそろえて　杜崎アオ

二〇一八年にTwitterに公開されたこの歌を今も覚えています。足がきっちりとそろっている様子が、「漢詩のように」と喩えられていることにまず驚きました。漢詩の整然としながらも、読んでみると友のことであったりお酒の席のことだったりする、あの親しげな感じ。また、表意文字である漢字が並んでいることの、一つ一つが独立しながらも並び合うと意味をより深く奏でるさま。それが、一人ひとりが違う人間ながら隣り合っている上の句とよく響き合っていて、なおかつべったりとしすぎないのがよいと思います。花と漢詩の組み合わせもいいですね。

短い短歌だからこそ、独自の比喩を開発できたとき、とても効果的です。

●セーブポイント　ここまでをセーブしますか？ ▼はい

◆独自の比喩を感じよう、開発しよう。

〈助詞は基本的に抜かない〉

この本の最初でも、**一字の大切さ**を書きました。

Aが Bの意見に対して、何かを言い、Bが「……Aもそんなこと言うんだね」と返しました。ここで、**「他に誰を想像しているの!?」という反応を引き出す、それが「も」の力です。**この**「も」は助詞（詳しく言うと「副助詞」）**といいます。

助詞とは、いわゆる「てにをは」です。短歌を、助詞に着目して読んでみましょう。

> イルカがとぶイルカがおちる何も言ってないのにきみが「ん？」と振り向く
>
> 初谷むい『花は泡、そこにいたって会いたいよ』

イルカとぶイルカがおちる何も言ってないのにきみが「ん？」と振り向く

この歌は作られた当時は二首目の形だったそうです（初谷さん談）。しかし、一首目の形で初谷むいさんの第一歌集『花は泡、そこにいたって会いたいよ』に収録されています。

「イルカとぶ」とした二首目のほうが定型に収まっていますが、その後に続く「イルカがおちる」には「が」という助詞が入っているため、非対称になります。

この非対称の何がよくないかというと、「定型に収めるために助詞を抜いた」という印象を抱かれることです。また、**助詞を抜くと音もぶつ切りに**なってしまいます。**助詞を抜くことで歌として不自然になるのなら、定型を崩してでも入れるべき**です。

助詞一つで、印象がかなり変わります。

イヤホンは真っ白に垂れ青年の鎖骨からしばらくをなぞった

福山ろか『短歌』二〇二二年十一月号

こちらは二〇二二年の角川短歌賞次席の連作のうちの一首ですが、「しばらくを」の「を」が絶妙な歌です。この「を」は、鎖骨から下のあたりの場所を示しながら、そこまでカメラが動く短くも確かな時間を、質感をもって表現しています。「真っ白なイヤホン」ではなく、「イヤホンは真っ白に垂れ」とするあたりも、イヤホンを追ううちに白く染まっていくような鮮やかさがあります。

助詞の「も」と「は」は、それ以外のものをほのめかすことができます。

たとえば、「はじめに」（二頁）でも書いたように、「あなた**も**そんなことを言うんだね」では、他の誰かも同じような発言をした可能性が高いですが、「あなた**は**そう言うけど」では、他の誰か（発言者）はそうではないという可能性が高いです。

逆に、「が」はその対象だけを語ります。

イルカがとぶイルカがおちる何も言ってないのにきみが「ん？」と振り向く

この歌が、

イルカはとぶイルカはおちる何も言ってないのにきみが「ん？」と振り向く

だった場合、じゃあ何が「とばない」のだろう？　「おちない」のだろう？　と、考えてしまい、他に示唆されている「何か」を探してしまうのです。

助詞を迷ったら、入れ替えてみて検討しましょう。ちなみに、初谷さんは二首目の形で歌会に出し、「助詞を入れた方がよい」という意見をもらって一首目の形にしたそうなので、一字の細かいところでも（細かいからこそ）、人の意見を聞くのは大切なことですね。

名指すこと・まなざすことの冬晴れの植物園をふたりは歩む

笠木拓『はるかカーテンコールまで』

名指すこと・まなざすことの冬晴れの植物園をふたりで歩む

たとえばこの歌がこのように、「ふたり**は**」ではなく「ふたり**で**」だったらどうでしょうか？　「ふたりで」といったときの「ふたり」は「主体」と「あなた」で、一人称視点で見ているような感じがしますし、雰囲気が甘くなりすぎてしまいます。「ふたりは」だからこそ、遠くから見ている感じがして、その「ふたり」がどういう関係なのかに左右されない、落ち着いた静かな植物園の空気を感じることができると思います。

助詞一つで歌が変わる。お分かりいただけましたか？

●セーブポイント　ここまでをセーブしますか？▼はい

◆助詞を抜いて不自然になるのなら、定型を崩してでも入れる。

◆助詞一つで歌が変わる！

〈「君」は特別な存在〉

私は年下のキャラクターが年上のキャラクターのことを、極たまに「あんた」と呼ぶのを見ると最高（『ゴールデンカムイ』において、屈強な元軍人の杉元佐一が、アイヌの少女・アシㇼパを「アシㇼパさん」とさん付けしているのも、同様に最高）だと思うのですが、二人称というのはなぜああも大きな力を持っているのでしょうか。**呼び方一つで、相手との関係性が分かるというのは、言葉を扱える人間が得た大きな特権**だとすら思います。**短歌における二人称**のお話をしましょう。

短歌の特殊ルールとして、次のようなものがあります。

①「君」「あなた」は主体にとって**特別な存在**である。
②「君」を一度登場させると、連作内の別の〈誰か〉も「君」だと思われる。

① **「君」「あなた」は主体にとって特別な存在である**とは、どういうことでしょう？

たとえば、日常生活で道を歩いているとき、何かが落ちる音がして、少し前には鍵が落ちていています。それに気づかずに去っていく人がいます。そこで、その人に、「すみません。これ、あなたのですか？」と尋ねる。ここで言う「あなた」は単なる、「名前を知らない人」への呼びかけでしかありません。

しかし、短歌では「君」や「あなた」といった、**二人称で示される人物は主体にとって特別な存在**です。なんとも思っていない人を、わざわざ二人称で歌に登場させることはありません。そして、それは**「恋愛の相手」**であり、**「異性」**だと思われることがたいへん多いです。この「異性」とは、作者名や、歌から推測される性からさらに推測されます。

ここには、短歌が和歌の時代から引き継いできた「相聞歌」というジャンルが関わってきます。「相聞歌」とは、親しい人と交わされる歌を指しますが、親しいと言えば「恋愛」であり、であれば「男女」間のものである、という考え方が当たり前でした。**その読み筋は更新されつつありますが、短歌の世界ではいまだに異性愛や、そもそも恋愛が前提にある**ように思います。

今でも「相聞」という評の用語は、ほぼ「恋愛を詠んだもの」という意味で使われています（「この歌は相聞だと思う」など）。

ちなみに、短歌の中のそういった常識を打ち砕こうとしたのが第二回笹井宏之賞に出した（のちに大賞を受賞した）連作「悪友」です。この連作には「きみ」が登場し、主体と多くの時間を過ごしますが、そこにあるのは恋愛ではありません。恋愛でなくとも人は人と関わり合うことができると、五十首連作である「悪友」、そして歌集『悪友』で提示しました。このテーマは、自分にとってとても大切なものです。

さて、話を戻しましょう。**②「君」を一度登場させると、連作内の別の〈誰か〉も「君」だと思われる**についてです。

連作という歌の集まりを一単位とする作品で、たとえば「君は雨が嫌い」という内容の歌があったとして、次の歌に「傘をさして並んで歩いた」とだけ書かれた歌があったとします。そうすると、「主体と「君」が傘をさして並んで歩いた」と解釈されることがほとんどです。

人物をわざわざ明記しなくても、同じ設定で読んでもらえるというわけです。主体が特に明記されなければ主体の行動だと解釈されるということも併せて、短歌は群像劇がやりづらい、もしくはほぼ不可能な形式です。

フォントを変えたり、一首ごとに交互に視点が変わっているな、と完全に分かる仕掛けを作ったりしなければ、二者の視点から描くことは難しいでしょう。三人以上の視点から描くことは、マークで区切るなどをすれば可能かもしれませんが、何も特別な合図なしにはほぼ成り立ちません。

また、「君」と「あなた」が歌（連作）の中に出てきた場合、

・**同一人物**（**登場人物は主体と「君・あなた」の二人**）
・**別の人物**（**登場人物は主体と「君」と「あなた」の三人**）

このいずれかで、読みが大きく分かれると思います。短歌はこのように、散文とは違って多くの人物を登場させることはできません。徹頭徹尾、主体の話か、主体と決まった誰か（あるいはネームドではない、いわゆる「モブ」）との関わりしか描けない、といってもいいでしょう。

言い方を変えれば、短歌は「君」とか「あなた」という人物を登場させた時点で、はっきりと主体からの意識の強さを打ち出すことができます。

第一部（二五頁）で、「宝石には輝いているという要素が既に含まれている」という話をしました。同じような言い方をすれば、**「君」や「あなた」には「主体が親しく思っている」「主体が相手に対して思い入れがある」「主体が相手を大事に思っている」あるいは、「主体が相手を憎く思っている」「主体が相手に執着している」といった要素が既に含まれています。**単なる他人への感情とは明らかに異なっているそれを持っている、と示すことができるのです。

膝下に水が浸かってきみの名を呪文として聞こえるように名乗った

新上達也『穀物』創刊号

名前を呼ぶというのはとても重要な行為で、古来から名前は命そのものだと考えられていました。ルカ・グァダニーノ監督の映画『君の名前で僕を呼んで』では、エリオとオリヴァーが「相手のことを自分の名前で呼ぶ」という行為によって絆を深めるシーンがあります。

この歌では、「呪文として聞こえるように・名乗った」のか、「呪文として・聞こえるように名乗った」のか、言葉の掛かり方は二通りあると思いますが、「きみの名を名乗った」ことが一種のまじないとしての力を持つことには変わりありません。膝下の水は実景としての水（水遊びなど）だと意味を取りましたが、呪文を使わなければ押し流されそうな精神状態である、というのもあり得ると思います。

●セーブポイント　ここまでをセーブしますか？▼はい

◆「君」や「あなた」には主体からの親しい感情、思い入れといった要素が既に含まれる。

◆そのため、「君」や「あなた」は特定の個人。

「天才」のような**強い言葉**を使うのは危険と書きました（三四頁）。他にも例があります。

強い言葉の一例

・運命
・最強（最弱、最悪）
・宇宙
・闇

もちろん、上記の単語を入れた名歌もあるでしょう。しかし、たいていその言葉だけが目立ったり、その単語の格好良さだけで乗り切る印象になったりします。

私の考えですが、**短歌とは言い切れないもの・「あわい」のようなものを掴む詩形**で、**強い意味を持つ単語をドン！と置いて解決するのなら、そもそも短歌にする必要はない**んじゃないかと思います。たとえば、状況やある人物に「運命」を感じているとしたら、「運命」と書かずに、それが「主体にとって必然である」とか「決定的なことだと感じているのだ」と読者に思わせる歌の作りのほうが望ましいでしょう。

また、**短歌の世界では避けられがちな、注意が必要な言葉**もあります。

注意が必要な言葉の一例

・光
・瞬間
・世界

「光」はそれだけで明るさ、希望、救いといった、神様にも似たイメージを連れてきます。**入っているだけでいい感じになる万能調味料**のようなものです。「ひかり」とひらがなにひらいたり、「ひかった」と動詞にするのも同様です。**「瞬間」**も短歌では避けられがちです。**短歌は基本的に「瞬間」を切り取るため、「瞬間」とわざわざ言うと余計な感じ**がします。「世界」は大きな範囲を示す言葉で、その境界がぼんやりとしています。精神的なニュアンスも強く、読み手がこの単語が示すものにうまく入っていけないかもしれません。

こうした単語は他にもあると思います。歌を作るときに頼りがちにならないよう、そして歌を読むときも、単語のパワーでいい歌だと思っていないか注意が必要です。

また、**初めて出会った言葉や珍しいと感じる単語**は使いたくなるものです。そういうとき、同じようにその言葉が印象に残っている人には「似たような歌がありますよ」と**類想**（二〇四頁）を指摘されやすいです。例としては、「膕（ひかがみ）」や「樹木医」などです。類想自体はよく発生することで、それ自体が悪ではありません。ただ、「珍しいことをやってやったぞ！」と自ら思うときにはたいてい先駆者がいるものです（一五五頁）。

ここに示した単語を使っていい歌も作れるとは思います。ただ、濃い味の食生活を続けているとなかなか繊細な味の変化に気づけません。はじめのうちは強い言葉に手を出すのを我慢してください。そのうち、自分はこういう味付けが好きだとか、こういう味の路線に変更してみようとか、色々と思えることでしょう。

いきなり「これ1本で味が決まる！」みたいな安易なやり方に手を染めないことです。

●セーブポイント　ここまでをセーブしますか？ ▼はい

◆強い言葉を使わない。

◆作るとき、読むときに注意が必要な言葉がある。

句切れ

先述したように、短歌は一首の中で五つのパート（句）に分かれています。**その句の切れ目で文章としての意味が切れる**ことがあります。これが**「句切れ」**です。

それぞれの句の部分で切れることを、次のように呼びます。

・初句切れ　・二句切れ　・三句切れ　・四句切れ

一字空けがある歌もありますが、「意味が切れている」ことが大切なので、**句切れに一字空けは必要ありません**。もし一字空けがなくても、意味が切れていればそれは句切れです。ただ、**どこで意味が切れるのかは読者側の解釈であり、解釈は分かれるものです。**

「光った＋名詞」という言葉があったとして、それが終止形（「〜が光った」で一つの話が終わり、名詞の話が始まる）なのか、連体形（「光った名詞」の話をしている）なのかは、読む人によって違うでしょう。評の場でまずどう読んだかを明かしたほうがよい、という話を一六一頁でも詳しくします。

この「句切れ」や、後に出てくる「句割れ」（一一七頁）、その他色々な技法（一三〇頁）を身につけることは、歌を読んでいく評の場で戸惑わないため、そして、作れる歌のレパートリーを増やすためでもあります。

句切れのそれぞれの例を見ていきましょう。

初句切れ

遠雷よ　あなたが人を赦すときよく使う文体を覚える

服部真里子『行け広野へと』

初句である「遠雷よ」で、歌の中で意味が一旦切れます。「許す」ではなく「赦す」なので、何かを許可するという意味ではなく、相手の過ちに対することについてです。文体は、一度見ただけではその人特有のものか判断できません。この歌では、少なくとも主体が二回は「あなたが人を赦すとき」の文体を見た、ということです。「あなた」に複数回赦されたことがあるのは、第三者でしょうか？　主体でしょうか？断定できませんが、私は後者のほうが好きです。この歌には、主体が「あなたらしさ」をまた一つ覚えていく過程が描かれており、遠くで鳴る雷は何かを暗示しているようです。

二句切れ

春の日のななめ懸垂ここからはひとりでいけと顔に降る花

盛田志保子『木曜日』

一字空けはありませんが、「春の日のななめ懸垂」で意味が一度切れます。春の日に主体がななめ懸垂をしている景色でワンシーン、「ここからはひとりでいけと顔に降る花」でワンシーンです。花に対しての擬人化もありますね。そんなにたくさん降ってくるはずはないのに、歌の中では花のせいで主体の表情が見えにくくなっているのも面白いです。懸垂は協力プレイではなくソロプレイなので、ななめ懸垂をする主体は、花に言われる以前から「ここからはひとり」であることに覚悟を決めているように思えます。

三句切れ

生きるとはこの世の信徒たることかゆふぐれ鈴かすてら配りつつ

千葉優作『あるはなく』

「生きるとはこの世の信徒たることか」で一旦意味が切れます。〈生きるということは（「〇〇教を信じる」以前に）「この世」を信仰することかもしれない〉という思いが、夕暮れ時に鈴かすてらを配っているときに芽生えています。「ゆふぐれ」には時間帯の提示と、その歌の景色に夕映えをもたらす二つの効果があります。鈴かすてらはおみやげか、差し入れでしょうか。鈴かすてら自体は鈴のように鳴りませんが、どこか神秘的な雰囲気の中、その音色が聞こえてくるかのようです。

四句切れ

透明なせかいのまなこ疲れたら芽をつみなさい　わたしのでいい

井上法子『永遠でないほうの火』

「透明な世界のまなこ疲れたら芽をつみなさい」で一旦切れます。「芽を摘む」とはこれからの成長や発展を妨げることで、そうはされたくはないものです。けれど、「そうはされたくはないことを、あえて許可する。差し出す」ことに、この歌の潔さがあります。この歌で許可する相手は、「透明なせかいのまなこ」という、実体は分からないけれど「わたし」とは全く違う存在だろうという感じがします。簡単な言い方をすると、神さまかもしれません。そんな存在が疲れてしまったら、その存在が崩れる前に、他に手を出す前に、「わたしのでいい」と差し出すことができる。諦念というよりは覚悟を感じさせます。

また、句切れが複数存在する歌もあります。

複数の句切れ

雪柳　きみの死に目にあいたいよ　ジャングルジムの影が傾いで

榊原紘『悪友』

この歌は、初句と三句目で一字空けの句切れがあります。情景やフレーズの提示がそれぞれシーンとして存在している感じです。このように、一首の歌で複数の句切れが存在する歌もあります。

それぞれの句切れの歌を読んできました。自分が何か同じような歌ばかり作ってしまう、という場合、構造から見直してみてもいいかもしれません。

●セーブポイント　ここまでをセーブしますか？▼はい

◆句切れとは、歌の句の切れ目で文章としての意味が切れること。
◆歌には初句切れ・二句切れ・三句切れ・四句切れの他に、複数の句切れを持つものがある。

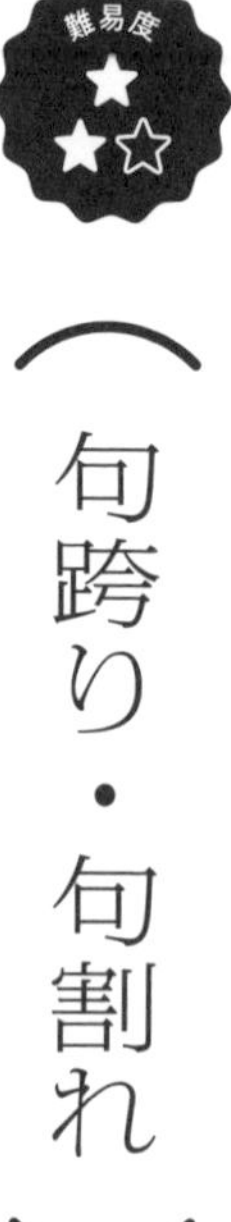

〈句跨り・句割れ〉

短歌には、「句跨り」や「句割れ」という技法があります。

句跨り

立ちながら靴を履くときやや泳ぐその手のいっときの岸になる　榊原紘『悪友』

立ちながら／靴を履くとき／やや泳ぐ／その手のいっと／きの岸になる

「いっとき」という語が四句目と結句に跨っています。このように、**一語が句を跨いで存在しているものを「句跨り」**と言います。普通の五七五七七のリズムでは読むことができず、少し変わったリズムを生みだしています。

この歌における句跨りは、立ちながら靴を履くという不安定な動作における身体の揺れや、相手がバランスをとるために主体の身体に触れ、そして離れて行ったという動きを出すためにもよいのではないか、と思い、跨るように語順を設定しました。

あ、ほら、島から不知火が見える　ように私に加虐欲あり
坂井ユリ『歌壇』二〇二〇年二月号

海外、おそらくは韓国の歴史的な博物館を訪れたと考えられる連作の中の一首です。戦争にまつわるたくさんの加害の資料を見て学んでいる主体は、それらが自分に無関係のことではなく、内なる加虐欲を自覚し、向き合っています。

初句の「、」は一拍置くイメージで、「あ、ほら、」で五音分の音を取ります。「しらぬ／い」の部分が句跨りです。比喩として機能していますが、実際に島から不知火が見えてもいると思います。

句割れ

いかり　手があなたの椅子にふれるとき遠い港の船のいななき
松尾唯花『遠泳』vol.3

いかり　手が／あなたの椅子に／ふれるとき／遠い港の／船のいななき

むすばれるとむしばまれるの境界はどこなのか蟬の声を見あげる

荻原裕幸『リリカル・アンドロイド』

むすばれると／むしばまれるの／境界は／どこなのか蟬の／声を見あげる

このように、**一つの句のなかに文の切れ目があるものを「句割れ」**といいます。一首目は初句、二首目は四句目で句割れを起こしています。一首目は句割れの箇所で一字空けがあるので分かりやすいですね。二首目は一字空けはありませんが、「むすばれるとむしばまれるの境界はどこなのか」と「蟬の声を見あげる」で意味が分かれています。

「。」が入れられるかどうかで句割れを判断すると分かりやすいと思います。

いかり。　手が／あなたの椅子に／ふれるとき／遠い港の／船のいななき
むすばれると／むしばまれるの／境界は／どこなのか。蟬の／声を見あげる

「。」が入れられる場所が句の終わりであった場合、それは句割れではなく句切れです。句跨りや句割れには、**独特のリズムを生み出す効果**があります。何十首も作ったり、連作といったまとまりで一作品を作ったりすると、五七五七七のきっちりしたリズム

だけでは一辺倒になりがちです。こうした技法をうまく取り入れていきましょう。

「句ごとに空白を入れる」・「句ごとに改行する」の二点を絶対にしないでくださいとお伝えしましたが、こうした句跨りや句割れといった技法を使えないという側面もあるためです。ちょっと難しいので、一度に覚えようとしなくてＯＫです！

●セーブポイント　ここまでをセーブしますか？▼はい

◆一語が句を跨いで存在しているものを「句跨り」と言う。
◆一つの句の中に文の切れ目があるものを「句割れ」と言う。
◆「句跨り」「句割れ」は独特のリズムを生み出す技法。これが使えなくなるという点でも句ごとの字空けや改行は推奨しない。

短歌に本気なオタクのためのワークシート③

句切れ、句跨り、句割れのある歌を作ったり読んだりしたら書いてみましょう。

区切れ

句跨り

句割れ

〈慣用句は使わない〉

たくさんの人に使われてきたがゆえに、意味が通りやすいフレーズがあります。しかし、そうした**慣用句を使うと、歌が世間的な尺度に収まってしまいます**。だめになってしまった関係性を「賞味（消費）期限切れ」と言ってみたり、もうぎりぎりのところまで怒りや不満を溜めていることを「爆発寸前」と表現したりすることは、短歌ではうまくいかないことが多いです。**世間的な汎用性や面白さなど、短歌の中で何の役にも立たない**のです。あなたの歌には、あなたが作ったことで意味が生まれるのです。

擬態語や擬音語といった「オノマトペ」は歌に個性的なリズムやイメージを生み出しますが、決まった組み合わせを使うとありふれた印象になってしまいます。

たとえば雨が降る音に、**「ざあざあ」**や**「ぽつぽつ」**という音を短歌では選ばないようにしましょう。二五頁で書いたように、そうした擬音語は「雨」のイメージに既に含まれているからです。慣用句で言うと、「雨」の表現に**「滝のような」**とか**「バケツをひっくり返したような」**をつけるのはやめたほうがいいです。

短歌はだいたい三十一音。**ありきたりな慣用表現やオノマトペを用いるくらいなら、**

他のことに音を使ったほうがよいです。

逆に、風変わりなオノマトペを作り出したり、違った組み合わせを生み出すと、非常に効果的です。

街灯がぽおんぽおんと立っている　わたしの心を選んでほしい

絹川柊佳『短歌になりたい』

街灯が間隔をあけて立っているさまが、「ぽおんぽおんと立っている」と表現されています。「ぽおん」はどこかボールが高く蹴り上げられているような音にも思えます。街灯は一本一本そこにあるはずなのに、宮崎駿監督の映画『千と千尋の神隠し』に出てきた道案内をするカンテラのように、飛び跳ねて移動しているようにも見えてきます。光の感じも、「ぽおんぽおん」というオノマトペがしっくりきます。そんな景色を見て思うのは、「わたしの心を選んでほしい」。「わたし」ではなく、「わたしの心」。あなたを大切に思っているとか、そういう思っていることそのものだけを、選んでほしいというシンプルな気持ちです。

しんろしんろと来る自転車に尾を引いていた悲しみを撥ね飛ばされる

鈴木加成太『うすがみの銀河』

オノマトペが創造されているパターンです。自転車が進む音は、確かに「しんろしんろ」とも聞こえます。少し高い回転音です。

私も自転車の音についての歌を作ったことがあります。

星散らすような音する自転車に追い抜かれたら見る街明かり　　榊原紘『悪友』

この場合は「カラカラ」みたいな、カ行のイメージがありました。そんな自転車に私の歌では追い抜かれていますが、鈴木さんの歌では「尾を引いていた悲しみを撥ね飛ばされ」ています。主体本人が撥ね飛ばされたわけではないでしょうが、何かその自転車の登場が、激しくも深くもない、「尾を引いていた」という悲しみを吹き飛ばすきっかけをくれたようです。

●セーブポイント　ここまでをセーブしますか？▼はい

◆慣用句を使うと、世間的な尺度に歌が収まってしまう。
◆意外なオノマトペを連結、もしくは創造する。

〈表記〉

新月よ　でもへべれけな足取りで愛の標(しるべ)にさからっている　榊原紘『koro』

この歌は、「逆らっている」という表記を選ぶこともできました。しかし、ひらがなの「さからっている」を採用しました。それは言ってみれば「なんとなく」ですが、その「なんとなく」の感覚を解きほぐしていくと、「逆らう」は（私の中で）具体的な対象があることに使うものだという感じがするからです。「愛の標(しるべ)」とは、この歌の中ではもっと抽象的な概念とか、「常識」みたいなものです。そこで、「逆らう」ではなく「さからう」の表記を選びました。

漢字

- 堅いイメージ
- 読むのに時間がかかる

ひらがな

・やわらかいイメージ
・わざとらしく（あざとく）思われることもある
・読むのに時間がかからない

複合動詞をひらがなにひらくと「動詞感」が薄れる（七二頁）という効果もありますし、その表記の仕方で、どこまで具体的なことなのかを示すことができます。たとえば、**「丸い・円い」と書くと物理的に対象が球や円に近い**ことを示すことができますが、**「まるい」と書くとその対象の雰囲気がやわらかいという印象**になります。

短歌では「〜する時」の「時」は「とき」、「〜の中にある」の「中」は「なか」とひらかれていることが多いです。これも、具体性をあえて削るためにひらがなの表記を採用している例でしょう。「時」だとぴったりとその時刻を表している感じがしますが、「とき」だと「だいたいこれくらいの時間」を示しますし、「中」だとそのものの内部にしっかり収まっている感じがしますが、「なか」だともっと位置関係的に曖昧な感じです。

全てひらがなで書かれることもあります。次の歌を見てみましょう。

ねむるときからだがかるくなるでせうひかうきはあのちからでとぶの
川野芽生『Lilith』

飛行機が飛ぶ仕組みを説明しているのですが、この歌自体がひらがなのやわらかい印象を利用し、ふわふわと浮かび上がってくる感じがします。説明というよりも、耳打ちとか寝物語とか、もっとふんわりした発話の印象すらあります。

もしこの歌が、

眠るとき体が軽くなるでせう飛行機はあの力で飛ぶの
眠るとき体が軽くなるでしょう飛行機はあの力で飛ぶの

このように漢字まじりに書かれていたとしたら、どうでしょうか。旧かなと新かなで書いてみましたが、どちらにしても、私にとっては「嘘だな」という印象が強くなります。飛行機が、眠るときのあの感じを利用しているというのは、もちろん真実ではありません。けれど、ひらがなで全て書かれた場合と、漢字とひらがなが混ざって書かれている場合では、後者のほうが話が通じる相手なのではと感じるのです。漢字とひらがなを書き分ける意識が働いているのに、そんな嘘をつかれる理由が分からないのです。

短歌はその歌の中身が**この世の真理だとか、まっとうなことでなくて構いません。**嘘や物語でもいいのです。**けれど、この歌の中では「そう」なんだ、と信じてもらうだけの強度が必要**なのだと思います。

川野さんのこの歌の中では、この歌に登場する飛行機は、「ねむるときからだがかるくなる」「あのちから」で飛ぶのだと、**表記のおかげで信じることができる**のです。

ハードモード

「表記上のリフレイン」という技法についてご紹介します。

みずからの手で荊冠を戴いて始める刑期のごとき治世を
松野志保『われらの狩りの掟』

この歌では、キリストが十字架にかけられたときにかぶせられた荊冠を、主体が自らかぶっています。そこから、「刑期のごとき治世」への能動的な気持ち（償いのように世を治めるということ？）が見えてきます。具体的には、前の為政者のときに苦しんだ者や傷ついた者、果ては死んでいった者たちへの償いを、新しい為政者たる自分がやるのだ、という決意ではないかと思います。

「白ら」「如き」がひらがなで、堅くなりすぎないバランス感覚があります。「荊冠を戴いて」の「a」音と「i」音の並びや、「刑期のごとき」の「k」音など、韻律面でも気持ちのよい歌です。

この歌は、漢字の形で「荊」と「刑」が「刑」のリフレインになっていて、義務感や重さが増してくる効果があるのですが、この漢字の形のリフレインを見たとき、ラッパーのDOTAMAさんの「命懸けで来てる今日祭だし　だから担ぐ神輿　でも俺は即興　フリースタイル　賭ける命だし」（二〇二二年六月二十五日に行われた「渋谷レゲエ祭vs真ADRENALINE」の、DOTAMAさんとKYO虎さんの対戦におけるリリック）を思い出しました。祭、神輿、だし（山車）の繋がりもそうですが、神「輿」と即「興」の漢字を少しズラしながら重ねてくるところが、すごく痺れますよね。

短歌は表記にどれだけ気を遣うかで、一首の立ち姿が変わってきますし、意味や雰囲気を強めたり薄めたりすることができます。

人称も、たとえば一人称なら「わたし」「私《わたし》」「私《わたくし》」「ぼく」「僕」「おれ」「俺」「われ」「吾」などで全然違ってくると思います。二人称なら「きみ」「君」「あなた」「貴方」でも雰囲気が変わります。カタカナはあまり見ません。「わたし」と「ぼく」や、「きみ」と「あなた」では音数が異なるため、意味よりもその歌に適した音数が選ばれることもあるでしょうが、ここでもひらがなだとやわらかい感じがしますし、漢字だと堅い感じがする、というのは同じです。

●セーブポイント　ここまでをセーブしますか？▼はい

◆漢字とひらがなのバランスを考えよう。
◆表記で歌は変わる！

様々な技

短歌には、色々な記号や表現の方法があります。ここでは、その一部を紹介します。**短歌は誰かと競うものではありませんが、手札は多いほうがよく、**ワンパターンの攻撃は次第に通らなくなるものです。何度も書きますが、作ることと読むことは両輪です。他の人の作品から学んでみましょう。

「」かぎかっこ

水道代払わずにいて出る水を「ゆ、ゆうれい」と呟いて飲む

郡司和斗『遠い感』

「」を使うと、**内容が発言や記載されたものである**と示すことができます。

水道代を払わなくても蛇口を捻ると水が出るのは、仕組み上あり得るのでしょうが、なんだかよく考えると怖いですね。「払えず」ではなく「払わず」なので、単に経済力がないというよりも、払い込みを忘れたのかもしれません。ともあれ、自分が対価

を支払っていないのに「水」が出てきます。この存在への疑い、不確かさみたいなものを「ゆ、ゆうれい」の部分でユーモラスに描いています。しかも主体は、それを飲みます。飲んでしまうのが、やっぱりこの歌の面白いところですね。

　「恋をして死ぬってことはある日ドッペルゲンガーみて死ぬってこと」

盛田志保子『木曜日』

　一首がまるごと「」で括られており、**発言の内容**です。ドッペルゲンガーとは、自分と瓜二つの分身のことで、幻覚の一種だとされています。肉体から魂が分離してできたと考えられており、そのため死の前兆ともされてきました。面白いのは、この歌では「恋をして死ぬ」＝「ドッペルゲンガーみて死ぬ」と定義されていることです。一首がまるごと発言なので、この発言に到る経緯は分かりませんが、相手に自分を投影しすぎて死ぬことを、そう解釈しているのでしょう。

〔〕かっこ、パーレン

　ふでばこに金平糖をたんと詰め　光路（会いにゆくのよ）光路

井上法子『永遠でないほうの火』

BGMやコーラスのような機能としても使えます。「光路」のリフレインの間に「（会いにゆくのよ）」という言葉が響いているイメージです。

「ふでばこに金平糖をたんと詰め」るという行為の意外さ。普段はペンなどを入れる場所に食べ物を詰める行為は、会うための準備というよりおまじないのようです。「ふでばこ」から始まり「光路」まで貫く「こ」のリズムや、「糖をたんと詰め」にちりばめられている「t」音が、弾けるような光を思わせます。会いにゆくときの逸る気持ちに、速いものの代名詞である光がよく似合っています。

（永遠は無いよね）（無いね）吊革をはんぶんこする花火の帰り

笠木拓『はるかカーテンコールまで』

（）はこのように**二者間の会話**としても使えます。（）は「」で括るよりもはっきりと声に出ていないイメージです。

混み合った電車内で座れもしないどころか、吊り革が一人につき一つ割り当てられません。はんぶんこしながら、（）の部分で小声か、あるいはテレパシーで会話している様子が書かれています。（永遠は無いよね）に対して、躊躇いもなく（無いね）と返される、切ない即答には、「永遠の〇〇」がないのではなく、「永遠」そのものがないという前提があります。それが、花火の儚さとも響き合っているのです。

このケーキ、ベルリンの壁入ってる？（うんスポンジにすこし）にし？（うん）

笹井宏之『ひとさらい』

この（）は二首目と同じように二者間の会話でも、**一人は画面外で喋っていて姿が見えない感じ**がします。

ベルリンの壁は、一九六一年から一九八九年までベルリン市内にあり、ドイツの東西を分断していました。現在でも一部区間は保存され、撤去された後の路面に刻銘がある区間もあります。崩れた壁の一部がどこかの国に持ち運ばれた……なんてこと、なくはなさそうですが、ケーキに入っているなんてことはないだろう、と思えます。

しかし、歌ではなんでも真実になってしまうのが面白いところです。私からしたら「スポンジに硬いものが入っているぞ」というジョークの歌だという真実味と、「本当にベルリンの壁が入っている」歌だという真実味は、同じくらいです。それだけならまだしも、このケーキのスポンジに混入していたというベルリンの壁が、西側に剥離したものだとする、「利きベルリンの壁」みたいなやり取りはなんでしょうか。天才的な精度を持った舌です。これに関しては、東西ドイツが抱えていた経済や文化の違いへの批判だとまで解釈するよりも、「ベルリンの壁が入っていたところで、分かるんだ⁉︎」という面白さを感じるまででよいと思います。

はつはるの泉に（君の葬列に加わるだろう）脚をひたして　榊原紘『ｋｏｒｏ』

この（）には**補足の意味**があります。「はつはるの泉に脚をひたして」という言葉の、「脚」の補足として、（君の葬列に加わるだろう）があります。いつか君は私よりも先に死に、そして主体はその葬儀へと参加する。そんな脚だけれど、今ははつはるの泉という、冷たく、おそらく澄んでいる水へとひたしています。

〔〕大かっこ、ブラケット

逢うたびにヘレンケラーに〔energy〕を教えるごとく抱きしめるひと

雪舟えま『たんぽるぽる』

〔〕はあまり短歌では見ない記号ですが、この歌ではヘレン・ケラーとサリヴァン先生のエピソードをふまえて、**言葉の意味・言葉そのものを示す役割**を担っています。「会う」ではなく「逢う」という表記なのも、より親しさや喜びを感じさせます。〔energy〕は、この歌では単なる膂力（りょりょく）ではなく、あなたに会えたことで主体に湧いてくる力のことです。そして、その力を、気持ちを、相手にありのまま伝えたいのだと思います。

固有名詞

風のやうに記憶はひかる　ふところにLARKを抱いてゐるひとだつた
千葉優作『あるはなく』

この「LARK」（原作ほったゆみ・漫画小畑健『ヒカルの碁』で緒方精次が吸っていることで有名な煙草）が単に「煙草」だと、次のようになります。

風のやうに記憶はひかる　ふところに煙草を抱いてゐるひとだつた

こうなると「ふところに抱いてゐる」は大袈裟です。LARKが煙草の銘柄であり、「ひばり」という意味もあることが、「ふところに抱いてゐる」という表現の面白さに繋がり、上の句にある「風」とも響き合います。そしてLARKから思い出すその人が、鳥が飛び立つようにいなくなってしまったこともまた、切なく思われるのです。

リフレイン

婦人用トイレ表示がきらいきらいあたしはケンカ強い強い
飯田有子『林檎貫通式』

「婦人用トイレ表示がきらいきらい」と、いきなり主張から始まります。婦人用トイレ表示の色が？　形（スカートを必ず穿いている）が？　それを含め、記号でまとめられることかもしれません。その後に続くのが、「あたしはケンカ強い強い」。この「強そう」な感じ、どこからくるのでしょうか。「きらいきらい」「強い強い」は駄々をこねているようにも見えますが、このリズム感がボクシングの練習のようにも聞こえてきます。「きらいきらい」と「強い強い」でワン・ツーのパンチを繰り出している感じで、読み手はサンドバッグのようにこの歌をしっかりと受け止める他ないのです。

体言止め

物干し竿長い長いと振りながら笑う　すべてはいっときの恋

五島諭『緑の祠』

物干し竿を「長い長い」と振りながら遊んでいると、「すべてはいっときの恋」というフレーズが啓示のようにやってきます。振っているのは主体ではなく、主体が好きな相手なのかもしれません。意味のない遊びをしている相手を見て、「すべてはいっときの恋」だと思う。この感慨に余計な言葉を添加せず、「恋」と言い切ることで、その恋が紛れもなく存在している、あるいは存在していたことを示せるのです。

命令形

仕掛け絵本ひらけば夜の群青に彗星が立つ、立つ　愛は勝て

北山あさひ『文學界』二〇二二年五月号

有名なＫＡＮの楽曲「愛は勝つ」を思い出します。「愛は勝つ」という断定よりも、「勝つかどうかは分からないが勝ってほしい」という願望を感じさせます。まだ勝負はついていないのです。絵本を開くと夜の群青（「群青の夜」ではない）が広がっていて、そこに立体的に彗星が立っている。それは仕掛け絵本だからであって、本来の彗星ではあり得ないことです。しかし、「立つ」と繰り返されており、強く心が揺さぶられたことが分かります。彗星が立つというあり得ないことが起きているように、「愛は勝て」。

省略、言い差し

力尽くしてひとつずつ箱をなしてゆくエスカレーターのはじまりかたを

内山晶太『短歌』二〇二一年十一月号

「エスカレーターのはじまりかたを」の後に、おそらくは「見る（見た、見ていた）」が省略されています。エスカレーターの一段一段は機械の中に収納されており、徐々にあの箱の形をなしていくのですが、それを「力尽くして」とするところも面白いです。

力などなくて、そのようなシステムにおいてなるべく負荷がかからないようになっているはずですが、なるほど確かに「力尽くして」だと納得してしまうところがあります。この歌が省略なしに「見る」まで書かれていたとすると、主体の行動に収束してしまい、エスカレーターのイメージの手前にぼんやりとした人間の形がかぶさってきます。この歌の見てほしいところは、あくまでエスカレーターの一段のなされ方です。それを、主体の行動を描き切らないことで実現しているのです。

ぼくの求めたたったひとつを持ってきた冬のウェイトレスに拍手を　　正岡豊『四月の魚』

「拍手を」の後に、おそらくは「する」か「しよう」といった動詞がくるはずです。また、「ぼくの求めたたったひとつ」の後にも、「のもの」あるいは「料理」という細かい省略があります。しかし、どちらも削いでしまっても違和感がありません。注文したものを「求めたたったひとつ」と言うところも詩的ですが、それを持ってきたところでウェイトレスからすれば単なる業務であるにもかかわらず、「拍手を」と恭しい対応が提示されます。「求めたたったひとつ」の「た」の韻律や、季節性に乏しいウェイトレスにあえて「冬の」とつける面白さ、そして「冬のウェイト／レスに拍手を」と句跨りする独特のリズム感が、この歌の現実感を薄れさせ、まるで何かの劇のように受け入れることができる不思議な感覚を起こさせるのです。
たとえばこの歌を、このように改悪すると、「なんで？」で終わってしまいます。

僕が頼んだ一枚のピザ持ってきたウェイトレスに拍手をしよう

呼びかけ

はなやかなぶあつい肉の満月よこちらへおいで泣かせてあげる　江戸雪『椿夜』

地上から見ると平面的な月を、「はなやかなぶあつい肉」を持っていると捉え直した後、「こちらへおいで泣かせてあげる」という、魅惑的な呼びかけがなされます。「〜してあげる」という言葉によって、天（月）と地（主体）の上下関係を逆転させてもいます。月のような硬質なイメージのある天体を、人間や動物が持つ肉というやわらかで生々しい感じで表現しているところも、読むほどぞくぞくとしてきます。

スープしかつくれねえんだばかだからそれでもよかったら食えよ　おい
新上達也『早稲田短歌』四十三号

スープしか作れないという自身の料理の腕前に対し、「ばかだから」とかなり大雑把な理由を提示してきます。その因果関係は定かではありませんし、「ばか」云々に対してのコミュニケーションを相手が求めていないのだと感じます。理由はどうでもいいし、相手もちゃんと説明する気がありません。大事なのは、スープしか作れない相手が作ったスープが目の前にある、それを食べるかどうかです。それは、「スープしか作れない」「ばか」（いずれも自己申告）な相手を、受け入れるかどうかの話にも繋がるような気がします。すごく乱暴な口調なのですが、「それでもよかったら食えよ」のあとの一字空けに「おい」があるところが、念を押してこちらからのアクションを引き出そうとしていると感じます。盛大な照れ隠し……だと、私は思うのですが。

「、」読点

季節、銀紙、殺しえぬものたちを橋くぐる水の昏さに放す

服部真里子『遠くの敵や硝子を』

橋がかかっている河に放すものを羅列している歌ですが、放すのは石などではなく、「季節、銀紙、殺しえぬものたち」と、どこか不穏です。「銀紙」だけが具体性を持っていますが、どこか「きらきらしたもの」という概念のような感じもします。「放す」には「自由にする」意味もありますが、これらのものを自由にしてしまった先は、どうにも読めません。河にかかっている橋の陰になって、橋の下あたりの水は昏く見え

ます。そのことを、「橋くぐる水の昏さ」といきなりアクセスするところが力技です。

あなたより私が必ず、先に死ぬ　そう決めてからふれる金剛　　安田茜『結晶質』

「あなたより私が必ず、先に死ぬ」というのが予感や願望ではなく、「そう決め」たことだと明かされます。その静かで衝撃的な宣言の後に、主体が触れるのは金剛、つまりダイヤモンドです。ダイヤモンドは宝石の中でも特に強い意味を持っており、その頑丈さや輝きの観点で婚約や結婚の際の指輪に採用されています。この歌の、「あなたより私が必ず、先に死ぬ」というフレーズも、「金剛」が連れてくるそのような意味合いと無縁ではないように思えます。「必ず」のあとに読点が入ることで、宣言の際に息を吸い込む感じの間（ま）が生まれ、強調されています。また、ダイヤ、ダイヤモンドではなく「金剛」と書かれると、本来のダイヤの色ではなく金色の輝きを歌に含んでくるところが面白いです。

渡さないですこしも心、木漏れ日が指の傷にみえて光った
平岡直子『みじかい髪も長い髪も炎』

読点によって二句目とそれ以降が切れながらもゆるく繋がった構造を持っています。

「渡さないで」という強めの指示、あるいは願望の内容は、「すこしも心（を）」。語順を換えて自然に意味が通るようにすることはできますが、ここでは意味のために言葉を滑らかに操作した配置よりも、この配置が似合っています。単なる倒置でもなく、心の動きそのものが語順に影響しているように見えるからです。また、三句目以降の内容では、木漏れ日のやわらかく部分的な光が当たっていただけなのに、指の傷にみえている。傷ならば痛みなどのマイナスなイメージがありますが、ここでは「光った」と、どこか勲章のような見え方をしています。世間的には、心は開いたり、明け渡したりするのがプラスのイメージですが、ここでは「渡さないですこしも心」と、それとは反対の方向に主体は強い気持ちを抱いている。この二句目までとそれ以降の二つの部分には、同じような気持ち……普遍的な価値観への反駁のような、そんな気持ちが込められているように思えるのです。

雨だよ、と告げてあなたに降りかかるわたしに雨の才能ありぬ

大森静佳『ヘクタール』

発言の切れ目を示すために読点が使われています。雨だよ、という言葉の後に、あなたに降りかかってくるのは本当の雨ではなく、「わたし」です。「降り注ぐ」ではないところが、この雨がいわゆる「恵みの雨」ではなく、ともすれば災いになる雨だろ

うと思わせます。ここで、あなたへの罪悪感や加虐心ではなく、「わたしに雨の才能ありぬ」という、自身への認識を提示します。「才能」、という本人が望むと望まないとにかかわらず動かしがたいものを持ち出してくるところも、かなり怖いところです。

「。」句点

風。そしてあなたがねむる数万の夜へわたしはシーツをかける

笹井宏之『てんとろり』

風が吹く中で「あなたがねむる数万の夜へわたしはシーツをかける」という、やさしい行動が描かれています。「風。」と最初に置くことで、そこからの話の展開全体にやわらかな風を吹かせることができます。この「数万」は、一人の「あなた」のこれから先の数万回の夜という意味もありそうですが、数万の世界線、つまりあらゆるパラレルワールドの「あなた」の夜でもありそうです。

また言ってほしい。海見ましょうよって。Corona の瓶がランプみたいだ

千種創一『砂丘律』

口調の区切れのために句点があります。「また言ってほしい。海見ましょうよって。」

という願望の後に、Coronaビールの瓶を見つめています。透き通った黄色の輝きがランプのように見える。目の前の相手にきちんと伝えられているなら「」に入るでしょうし、お酒を飲んでいるにしてもそこに相手はいないのではないでしょうか。一人でお酒を飲んで、届かない願いを海のように遠い相手に思っていると、私は思います。

「・」中黒

名指すこと・まなざすことの冬晴れの植物園をふたりは歩む

笠木拓『はるかカーテンコールまで』

中黒「・」は、言葉と言葉を並べて繋げる役割があります。ここでは名詞の並列に使われています。「名指すこと・まなざすこと」と、「a」音が並んでいるのが音の構成として見事ですが、確かに植物園はで名づけが分かりやすいようプレートに書かれており、それをさらにじっと見ていくという行為に溢れています。「冬晴れの植物園」という、寒い中でも日差しを感じるシチュエーションに、「冬晴れ」と「ふたり」と「ふ」の音を重ねてくる韻律もよい歌です。

年金がほしいよ鳩を追いかけて　くくっく・くっく　地獄すれすれ

北山あさひ『崖にて』

二首目では鳩を追いかけるというユーモラスな（『サザエさん』のような）景と共に描かれているのは、「年金がほしいよ」という切実な願いです。ここでは鳩の鳴き声のリズムを作り出すために中黒が使われています。「くくっく・くっく」というリズミカルな鳩の鳴き声のあとに、この社会で生きていることが、もはや「地獄すれすれ」であるという認識が明かされます。このように少しおどけた調子を交えながらでしか明かせないことが、本当にすれすれだという感じがして、胸に迫ります。

ではなく雪は燃えるもの・ハッピー・バースデイ・あなたも傘も似たようなもの
瀬戸夏子『そのなかに心臓をつくって住みなさい』

この歌では、英語をカタカナにしたときに発生する中黒と、歌のリズムを作り出すための中黒が混在しています。普通のリズムでは読むことが難しく、どうしても「ではなく雪は燃えるもの・／ハッピー・／バースデイ・／あなたも傘も似たようなもの」と、中黒で句切って読むことを強制してきます。それに、「ではなく」の前にあった話をこちらは知ることができません。ともかく、雪は降るものでも溶けるものでもなく「燃えるもの」だし、いきなり誕生日を祝われるし、「あなたも傘も似たようなもの」と言い渡されます。いきなりこの世に生まれさせられたように、言葉というものは突然定義され、表記次第で短歌におけるリズムというのは作り変えられるのです。

詞書《ことばがき》

アルジェリアのオレンジは品質に定評がある

　アルジェリアのオレンジを剝くオレンジの中にはふるさとがアルジェリア

ナイジェリアにオレンジはあるだろうか

　ナイジェリアのオレンジを剝くオレンジの中にはかなしみはナイジェリア

五島諭『緑の祠』

　短歌における詞書は、場所や年号、作品名、詩の引用など色々ありますが、こうしたものもあります。これは詞書つきでこのように二首並んでいることで、より強い磁場を生み出しています。この、真顔でジョークを言う感じが、「ふるさとがあるだろう」とか、「かなしみはないだろう」などと書くよりも、ずっと〈本気〉だという感じがします。

ハードモード

　短歌では、**「そんなことあり得ない」という話を作ってもいい**のです。その歌の中では真実であると信じてもらったり、あるいは、嘘は嘘なのだけれどそれを読者にも共有させたりすることがあります。短歌はその一首の中で、作者と読者の甘やかな共犯関係を形づくることがあるのです。

ホットケーキ持たせて夫送りだすホットケーキは涙が拭ける

雪舟えま『たんぽるぽる』

夫の昼食あるいはおやつとして、ホットケーキを持たせます。その理由として、「ホットケーキは涙が拭ける」ことが挙げられているのに驚きます。「夫がホットケーキを好きだから」ではありません。また、涙が拭けることを理由に「ハンカチ」を渡すわけでもありません。

これを単なるジョークだと考えることもできるのですが、主体である妻は、「ホットケーキは涙が拭ける」と強く信じ、夫に持たせているのではないでしょうか。ホットケーキを持たせるという行為そのものが、お守りのように感じられます。

また、助詞が抜かれていることも、この歌の説得力を増幅させているように思います。助詞がきっちりと入っていると、この歌は以下の通りです。

ホットケーキを持たせて夫を送りだすホットケーキは涙が拭ける

いかがでしょうか。やはり元の形を読んでからだと随分と悠長に感じられます。助詞を抜いて歌をスリムにすることで、「ホットケーキは涙が拭ける」という主張まで最短距離で読者に届きます。こうしたバランスを見極めるのは難しいですが、**「助詞は抜いたら百パーセント駄目！」というわけでもない**、という例にもなります。

このように、ない話を作り上げることが短歌では可能です。大切なのは、「書かれたことが真実かどうか」ではありません。歌の内容が、「その歌の中では真実である」と信じてもらったり、あるいは、「嘘は嘘なのだけれどそれを読者として共有しよう」と思ってもらったりすることです。歌の中で主張する主体が確かに存在していると思うとき、読者はその歌を引き受けることができます。

●セーブポイント　ここまでをセーブしますか？ ▼はい

◆歌を読むとき、使われている記号や技術に注目してみよう。
◆ない話を歌の中で作り上げてもよい。
◆歌の内容を語る存在（主体）の一貫性が大切。

コラム 2

「プロジェクション」を短歌に応用できる気がする。

最近、「プロジェクション」という認知科学の用語を知りました。これは二〇一五年に認知科学の鈴木宏昭先生によって初めて提唱された概念だそうです。

久保（川合）南海子『**「推し」の科学　プロジェクション・サイエンスとは何か**』（集英社新書）という本では、**プロジェクションとは「作り出した意味、表象を世界に投射し、物理世界と真理世界に重ね合わせる心の動き」**（同書三四頁）と説明されています。

プロジェクションは**三つの投射タイプ**に分けられます。本の内容を借りながら、私なりにまとめてみました。

①通常の投射

自販機を見て、自販機だと思う（日常生活では当たり前のこと）。そこにあるものをそのものとして投射する。

②虚投射

「推し」が自販機くらいの身長（一八三センチメートル）だと知っていると、自販機を見たとき、そこに推しがいるかのように思えてニコニコしてしまう。そこには不在のものに対し、印象を投射する。

③異投射

・幽霊だと思ってよく見てみたら、枯れたすすきだった（「幽霊の正体見たり枯れ尾花」）。
・普通のパスタを出されて食べていたら、「それは○○君（「推し」）がバイト先のホールで作ったという設定のメニューです」と言われ、急に美味しさが増す。
↓そこにあるものから少しずれた意味を加えたものとして印象を投射する。

この本では、江戸時代に行われた**「絵踏み」もプロジェクション**として紹介されています（同書四九頁）。キリスト教徒でもそうでなくても、見ているものは同じ踏み絵ですが、キリスト教徒にはその踏み絵が信仰の対象であり、それを踏むとなると単なる板を踏むのとは意味が全く異なりました。

また、**「推し」のイメソンを見つけるという行為もまた、プロジェクション**です。「同じ歌がこれまでとは違う意味を持って立ち上がってくるのは、聴く主体の投射が変化したから」(同書八三頁)なのです。

また、**アブダクション**という言葉も出てきます。これは、**「最善の説明への推論」**とも呼ばれ、**事実を前に仮説を立てて結論を導く方法**のことです。

アブダクションによる推論は、**結論の正しさを保証しません**。代わりに、前提に含まれていない情報量は増えます。**新しいことを呈示できる推論**であるとも言えます(同書七三頁)。

他にも、モノマネやスピンオフ作品、宗教や芸術への展開をプロジェクションという観点で考察するとても面白い本なので、ぜひ読んでみてください。

私がこの本を読んで思ったのは、**よい短歌とは②や③のプロジェクションが成功しているもので、すごい評とはアブダクションが成功しているものではないか**、ということです。

「推し」のコンサートで掴んだ銀テ(銀テープ)は、他の人から見たら単なる銀色のテープ、①「通常の投射」ですが、ファンから見ると「推し」との繋がりを示す、とても大切なもの、③「異投射」です。

亡くなった人とすごした時間は二度と戻らないように、「推し」のライブもその場かぎりの体験です。けれど、手元にある銀テを見れば、「推し」への溢れる想いやライブでのめくるめく感動が蘇ってくるのですから、銀テはもはや「推し」のライブの形見、と言えるかもしれません(同書一九四〜一九五頁)。

短歌では、基本的には大切だとか、嬉しいとか悲しいとか、そういう直接的な表現をしない、と書きました（五〇頁）。そうした直接的な言葉がなくとも、何か世界が今までと違って見える、主体にとっては何気ないことやこの時間が、特別なのだと信じることができる、そういった歌が、私はよいと思うし、好きだと感じます。

何かを一心に見つめている景が描かれていることで、この人はその先に何か大切なものがあるのかもしれないと、読み手は察します。何かの描写と、それとは直接関係のないような感情が書かれていると、それらを取り合わせて新しい解釈を導き出します。評には正解はないと書きましたが、**すごい評は歌の本来の意味を越えて、新しい世界を見せてくれる、そういうアブダクションが成功しているものだと思います。**

これはまだ私も勉強段階のテーマですが、認知科学を使ってもっと広く、深く、様々なことを捉え直せるのではないか、という希望に満ち溢れています。

詠めるようになったオタクのための創作の深め方

〈短歌を読む〉

Yes, イメ短歌

「読め、読め、もっと読め、祈れ、働け、さらば見出さん」。これは、中世の錬金術師を志す者の格言の一つです。私は中学生の頃に『鋼の錬金術師』を読んで、そのストーリーに感銘を受けましたが、「本当にこんなことができるはずがないな。でも錬金術というのは実際あったらしい。どこまでが事実なのか確かめよう」とも思い、錬金術の書物を集め始めました。それが大学の卒論にまで影響し、二〇二三年の春には『舞台　鋼の錬金術師』を観賞しました。ハガレンと共に人生を歩んだといっていいですね（※）。

さて「読め、読め、もっと読め、祈れ、働け、さらば見出さん」ですが、私はこれが全てに応用できる格言のように思えてならないのです。あらゆる成果は、たくさんのインプットとアウトプット、そして他人がばかにしがちな祈りの果てにこそある。そう信じます。

作ることと読むことは両輪です。他人の歌を読むことで色々な技術を習得できますし、それを自分も実践してみることで自分の歌がだんだんと出来上がってきます。

天才　と云うとき生まれる崖がありその双眸を一度見ただけ

榊原紘『ｋｏｒｏ』

この歌を作ったとき、なかなか見ない一字空けを作り出したものだなぁと思っていたのですが、大抵自分の考えていることは先人も考えているものです。

全世界　というとき世界が見おろせる星にかかっている羊雲

我妻俊樹『カメラは光ることをやめて触った』

この歌は、二〇一六年に刊行された、同人誌『率』十号の誌上歌集『足の踏み場、象の墓場』の中の一首で、二〇二三年三月に『カメラは光ることをやめて触った』という歌集にまとめられました。私がこの歌を読んだのは二〇二三年四月ですが、この「単語＋一字空け＋というとき」の構造が同じで、先駆者がいたのか……と思いました。歌の内容は違いながらも、構造を自分で発見したと思い込んだままなのと、他人が既

※ここで「錬金術」という言葉に、「オカルトかな?」と警戒してしまった方は、ぜひローレンス・M・プリンチーペ『錬金術の秘密　再現実験と歴史学から解きあかされる「高貴なる技」』（ヒロ・ヒライ訳、勁草書房）を読んでみてください。理論と実践から錬金術を考察し直している名著です。

にその構造を作り出していたと知ることは、大きな違いがあります。

時に、自分の考えていることなど既にやり尽くされているとか、他の人の作品を読むと自分が作れるものなどない気がしてつらいとか、そんなことを思うかもしれません。しかし、他の人の作品を読むことは、自分自身のことを掘り下げる大きな力になります。

わが魂を釘づけしといて遠く去りかれの名がいま世にうたはれる
われを死なすは君の言葉よ君こそはげにわが敵とおもほゆるなれ

前川佐美雄『植物祭』

この歌を読んだとき、私が最初に思ったのは、**「前川佐美雄って、『逆転裁判』をプレイしたことがあるんだ」**です。

『逆転裁判』とは、裁判中あらゆるハッタリや強引な話術を駆使し、有罪になりそうな絶体絶命の依頼人を導く、推理とひらめきを駆使するゲームです。プレイヤーは、基本的には弁護士・成歩堂龍一を操作します。ライバル役として検事・御剣怜侍が登場します。私が前川佐美雄の歌に表れていると思った「われ」は成歩堂龍一であり、御剣怜侍です。この二人の関係の始まり、そして変化を、謎を解いていく快感と共に味わっていただきたいと思います。

さて、もう一度歌を見てみましょう。

わが魂を釘づけしといて遠く去りかれの名がいま世にうたはれる
われを死なすは君の言葉よ君こそはげにわが敵とおもほゆるなれ

やはり、前川佐美雄が『逆転裁判』をプレイしているとしか思えません。

ちなみに、ちゃんと書いておくと前川佐美雄は一九九〇年に亡くなっており、『逆転裁判』が発売されたのは二〇〇一年のため、プレイはしていません。けれど、この歌は『逆転裁判』に登場する成歩堂龍一と御剣怜侍の二人の関係性を表すのにぴったりな歌だと思いました。それは、前川佐美雄の歌に、しのぎを削る二人の人物の言葉でのやり取りが鮮明に表れているからです。

このような歌を、私は**「イメ短歌」**と呼んでいます。

オタクには**「イメソン」という概念**がありますね。イメージソングの略で、私が知る限り二つの意味があります。

①そのキャラがカラオケなどで歌っていそうな歌
②そのキャラを思わせる歌

私は主に②の意味で「イメソン」という言葉を使っていますし、先ほど挙げた前川佐美雄の歌はそれでいうと『逆転裁判』の、そして成歩堂龍一と御剣怜侍の**「イメ短歌」**ということになります。

わが魂を釘づけしといて遠く去りかれの名がいま世にうたはれる

私の魂を釘づけにしておいて、物理的にか精神的にか（あるいはその両方か）遠くへ去った「かれ」の名前が、いま広く世に知れ渡っている……。

われを死なすは君の言葉よ君こそはげにわが敵とおもほゆるなれ

「われを死なすは君の言葉よ」という強烈な独白の後に重ねられるのは、「君こそは本当に私の敵だと感じられることよ」という、これもまた強い詠嘆です。この「敵」は単純に悪としての「敵」というよりも、「好敵手」の感じがしてしまいます。

感情と景色の取り合わせや、呼びかけなどのフレーズが光る短歌はこの世に多く存在します。私たちが過去に体感したことのある、推しへの輝きを想起させる歌も多いのです。

短歌が高尚で、読みには必ず正解があって、好きに読んではならないのだと考える人がいたら、まず「あのキャラ（作品）みたいだなぁ」と思って読んでみることから始めてみてください。

ただ、**その読みには限界はある**と思います。**しかし、そこからだんだんと歌の中に含まれる技法を理解していくこともまた、できる**のです。

「イメ短歌」を通して、短歌がもっと身近に、皆さんの心のお守りのようになったらいいなと思います。**「イメ短歌」から「評」へと考えを練っていく**こともできます。一六一頁を参考にしてください。

やさしと言はれやさしき者になりてゐつわが手に君が手はかさねられ

小玉朝子『黄薔薇』

自分は本当はやさしい人間ではないのだけれど、他人からやさしいと言われて、この人の前では今はそう在れているのかもしれないと引き受ける、静かな時間が書かれています。人から名前をつけられると、その善悪を問わず、否応なしにそうなってしまうということはあるものです。「わが手に君は手をかさねてゐ」ではなく、ただ、「わが手」に「君が手」が重ねられている、という状況だけをドライに描くことで、そこに含まれている感情みたいなものも極力削いでいます。だからこそ、「やさし」と言ってきた「君」と、「やさしき者」になった主体の関係の輪郭がくっきりと見えてくるのです。

これはあらゆる関係性に重ね合わせられそうな、汎用性の高いイメ短歌だなと思いました。

●セーブポイント　ここまでをセーブしますか？▼はい

◆他人の歌を見て、構造を学ぼう。

◆短歌って難しくてうまく読めない、と思ったら、「イメ短歌」の概念を導入する。

◆「イメ短歌」から「評」へと接続できる。

短歌を読む

Not only イメ短歌 but also 評

not only A but also B は「AだけではなくBも」を表す基本の英文法ですが、**「イメ短歌だけではなく評も」**やっていこう、というのがこの項におけるテーマです。**作ることと読むことは両輪**です。皆さんは漫画やアニメ、映画などからファンアートを作ることがあるかもしれませんが、その際に原作の「解釈」を必ずしているはずです。一人で壁打ちするのも楽しいですが、「原作からこういったことを感じました！」と話し合うのはとても楽しいことです。

目の前に出された歌が原作だとすれば、評が解釈です。

イメ短歌を見つけることは、とても楽しいことです。けれど、歌を自分の頭の中だけで楽しむのではなく、人に伝えるときは、**もっと相手にも分かる表現に置き換えなくてはいけません。**

この本の冒頭で、「「推しの脚が5メートルある」とか言うけど、冷静になると、実際には、推しの脚は5メートルない」という話をしました。冷静さを欠くことそのものが、爆発的な創造力を連れてくる。それはありえます。冷静にならないことこそが楽しい。それもあり得ます。

しかし、です。**歌をじっくり読み、相手にも伝わるようにその歌のよさや疑問に思ったことを表現するのが、評の場における誠実な態度**というものです。情熱的な評はもちろんあります。しかし、それは**誇張を重ねたり、一部の人にしか通じないミームのようなものを駆使したりするものではありません。**

自分の中で考えに考えて言葉を尽くして、それが相手に分かってもらえたとき、本当に嬉しいものですよ。美術がテーマの漫画『ブルーピリオド』で、矢口八虎くんが考えて頑張って絵を描いて、それが「早朝の渋谷」だと友だちに分かってもらえたとき、

　　その時生まれて初めて　ちゃんと人と会話できた気がした

と思って泣いてしまうシーンがあります。短歌で置き換えてみても、矢口くんの気持ちが本当によく分かります。出した歌を分かってもらえたと感じるときも、歌に対して評をしてそれにピンときてもらったときも。

さて、今から評について話をしていきますが、**かなり難しいです**。分からなくても焦らないでください。

①意味　②構造　③表記　④韻律

評はこの四ステップをふむことでだいたい網羅できることが、経験から分かり始めました。読書量がたまると、ここに似た構造や内容の歌を引用するということもできるようになります。

先ほどの、前川佐美雄の歌を引きましょう。

わが魂を釘づけしといて遠く去りかれの名がいま世にうたはれる

①「意味」

主体の魂を「釘づけ」にした、とまで強く表現された「かれ」は、今は遠く離れている。そんな「かれ」の名が、「世にうたはれる」ほど広く知られている。

②「構造」

「わが魂」が釘づけ（固定）されているのに対し、「かれの名」は広く知れ渡っている、という動きの対比がある。

③「表記」

「いま」が漢字だと「今世」に読めてしまうため、ひらがなにひらいてある。読みの上で混乱しないようにという配慮が見られる。「うたはれる」は「謳はれる」という表記でもいいはずだが、ひらがなにするとやわらかい感じがするし、崇拝と言うよりは広く人に受け容れられている感じがする。

④「韻律」

「わが魂(たま)」の「a」音、「しといて遠く」の「t」音の連なり。「かれの名がいま世にうたはれる」が「かれの名がいま／世にうたはれる」という分かれ方をしており、「いま」で音と意味が盛り上がる感じがする。

いきなり全部やろうとせず、一つ一つ見ていけば、何も怖いことはありません。ゆっくりやりましょう。

もう一首、見てみましょうか。

春先の光に膝が影を持つ触って握る君の手のひら
堂園昌彦『やがて秋茄子へと到る』

①意味、②構造、③表記、④韻律について、まずご自身で考えてみてください。

春の初めの頃の、よわくもやわらかい光の中で、主体は君の手のひらを握っています。光があれば影ができる、というこの世の定理を、「光に膝が影を持つ」という言い方をしているところが、膝を立体的に見せています。上の句では光についての視覚からのアプローチがありましたが、下の句では触覚へとシフトしていきます。この歌で漢字にできる部分がひらがなになっているのは「手のひら」の「ひら」のみで、「触って握る」対象である手のやわらかさが際立っています。「は」るさきの「ひ」かりに「ひ」ざが、で「h」音の畳みかけが、「膝」という部位で落ち着くところも、韻律が綺麗にまとまっていると感じます。

まとめてみるとこんな感じですが、歌によっては特に言うことがない項目もあると思います。そういうときは別に無理しなくてもよいのです。もし何か比べて語ることのある歌があれば引いてみて、歌の世界を広げてみてください。

●セーブポイント　ここまでをセーブしますか？▼はい

◆評とは「解釈」のこと。
◆評は①意味、②構造、③表記、④韻律、この四つを見ていくことでだいたい網羅できる。

推しと短歌をつなげるワークシート⑤

推しの「イメ短歌」を見つけて書いてみましょう。

この歌について、あなたの言葉に直しながら書いてみてください。

意味

構造

表記

韻律

日常から歌を作る

漢詩の絶句（四句からなる定型詩）の構成、転じて物事の順序を示す言葉に「起承転結」というものがあります。しかし、普段の日常では、そうしたことは意識されません。振り返ってみれば「ああ、あそこから始まっていたんだな」ということはあるかもしれませんが、なかなか人生にははっきりとした始まりも盛り上がりもないものです。

ぜひ、日常を切り取って歌にしてみてください。

この項は難易度を★☆☆と設定していますが、「いや、これはハイレベルでしょ！」と思うかもしれません。「推し」についてはいくらでも語れるが、自分自身のことについては語るのが難しいという人も、オタクには多いからです。けれど、推しについての歌を作る前に、あるいは作りながら、自分についての歌を作ってみてもいいかもしれません。推しがいる人生は楽しいですが、その人生はあなたのものです。あなたの生活を歌の中で見つめ直してみてもいいはずです。

難しく考えなくても大丈夫です。たとえば、**「買い物をしてお釣りをもらう」という行為だけでも歌になります。**

てのひらに貰いしお釣り冬の手にうつくしき菊咲きていたりき

内山晶太『窓、その他』

お釣りの硬貨の模様に着目しています。冬の日の一場面を、「冬の手」と書くことによって、手自体がつめたく、菊をのせて浮かび上がってくるかのような印象になります。

このように、日常的なシーンのどこに視線を注ぐかで、いかようにも歌になるのです。

開花・解禁・戒厳・骸骨・飼殺し　邂逅といふ字を我は探すに

齋藤史『秋天瑠璃』

辞書を引いているのでしょう。「思いがけず会うこと」の「邂逅」を探して、「開花」、「解禁」、「戒厳」……と目で追っていたら、いつの間にか通り越して「骸骨」、「飼殺し」までできてしまいました。「骸骨」で気づかずに「飼殺し」に到るのが、なんともリアルです。明るい単語を求めていたのに、どんどん単語が不穏になっていくところが面白く、「邂逅」のニュアンスもその空気に影響されるような心持ちがします。

火花ひらき散りて消えゆく瞬間の眸のさびしさは眸を迷はしむ

小玉朝子『黄薔薇』

打ち上げ花火を見ているときの歌ですね。「ひらき散りて消えゆく」という動詞の畳みかけが、短歌では避けられがちな、「瞬間」の説得力を増幅させます。短歌は基本的に「瞬間」を切り取るため、「瞬間」とわざわざ言うと余計な感じがするからです（一〇九頁）。明るく美しく見えた光がぱらぱらと散っていくとき、どこを見ていいのか分からなくなります。そのことを、「眸のさびしさは眸を迷はしむ」と表現することで、あの切なさの厳密な言語化が達成されたと言っていいでしょう。

すこしづつわが食べてしまふものとして口脣の朱をおもひゐるなり

葛原妙子『朱靈』

化粧がこのように歌われていることに衝撃を受けました。口紅をしていると、食後などにはやや色が落ちていきます。唇を舐めたり、噛んだりする癖がある人もいるでしょう。そうしたことをふまえ、「口脣の朱をすこしづつわが食べてしまふものとしておもひゐるなり」ではなく、「すこしづつわが食べてしまふものとして」で不思議に思わせた後、「口唇の朱」という、「確かに！」と膝を打つような並びにしたことが、この歌の手柄です。

手に夕陽あつまれる、その力にて銀縁眼鏡の歪みを直す　　石川美南『離れ島』

私は眼鏡作製技能士の資格を持っているため、眼鏡の歪みを素人が自力で直すのはやめてほしいと思います。しかし、この歌では「手に夕陽あつまれる、その力にて」眼鏡を直すというのです。どうにも、私の持っている資格よりもすごそうではないですか。リアリティのある読み方をすれば、これは夕陽の当たる中で眼鏡をただ直そうとしているのを詩的に読み換えただけかもしれません。しかし、「手に夕陽あつまれる」と歌で言われると、本当に手に夕陽が集まっていることになるのです。ですがやはり、その力だからこそ直すのはやめてほしいなと思います。取り返しがつかなくなりそうですから。

●セーブポイント　ここまでをセーブしますか？▼はい

◆レジでお釣りをもらうだけでも、歌になる。

職業詠

「人間は経験したことしか書き表せない」という言論に対しては、「人間の想像力をなめるな」の一言に尽きるのですが、想像で物を書けるからこそ、言葉で巧みに表現できるからこそ、ある表現に対して**「生(なま)」なのではないか、つまり本当に体験したことを伝えているのではないか**と思うとき、心が揺さぶられてしまうのかもしれません。

仕事のことを歌にする、「職業詠」というものがあります。仕事を通して自分が体験したこと、「生」なことが短歌になるのです。

また、人は職に就いているとき、家の中でもなく、別の家に暮らす友人たちの前でもなく、社会的な所属の中で存在しています。それが、自分でありながら、ありのままではないという微妙なバランスを引き出します。

頼まれたチラシのためにいくつかのフリー素材で家族をつくる
柴田葵『文學界』二〇二二年五月号

使用料のかからない画像を貼り合わせ、チラシのために架空の家族を構成していく作業を詠んでいます。「家族」と検索してみて、いい画像がなかったのかもしれません。ペットを足したり、祖父母を足したりして、家族を作っていきます。確かにありそうだと、くすりとする歌ですが、この景色は現実と何が違うのでしょうか。特定の交際相手がいないことを「フリー」という表現がありますが、「フリー」同士で集まり、そして時と場合によってはその親族がついてきて一緒に暮らしたり、子どもという新たな構成員が生じたりすることもあります。このチラシを作る作業も、好きで行っているのではなく「頼まれた」からで、そうした外的な圧力が現代の家族構成にももちろんあるでしょう。この職業詠には、現代社会への皮肉も込められている気がしてなりません。

ガレー船とゲラの語源は galley とぞ　波の上なる労働を思ふ

澤村斉美『galley　ガレー』

新聞社の校閲記者としての歌です。「とぞ」は、格助詞「と」と係助詞「ぞ」の連語で、「～ということだ」みたいな意味です。「ガレー船」という、地中海域で使われた、主にオールでこぐ大型の軍用船と、「ゲラ刷り」の「ゲラ」の語源は同じ「galley」だというらしい、と知ったとき、大海原と室内の空間が急に繋がります。その不思議さが、言葉という小さなものを介して形成されたとき、その力を思い知るのです。

短歌を作りたい気持ちはあるけれど、日常を送るだけで精一杯だという人、仕事が忙しいなという人、無理をしないでください。推しを見ていても元気が出ないとか、推しはこんなに頑張っているのに私なんか……と思う日もあります。生きているだけで本当にえらいです。少しでも気持ちが動いたら、で構いません。日常の中にも、仕事の中にも歌はあるものです。

●セーブポイント　ここまでをセーブしますか？▼はい

◆短歌を作りたいけど、日常や仕事で忙しい人は無理をしない。

旅行詠

推しにこの景色を見せたい

旅行先に**「ぬい」**（キャラクターのぬいぐるみのこと）を持って行き、自分よりもぬいと景色を撮っているのが、オタクの間ではよく見る風景です。

私は菱田正和監督の映画『KING OF PRISM PRIDE the HERO』の仁科カヅキさんを推しているのですが、青森に行く計画を立てたとき、これはカヅキさんの後輩で青森県出身である香賀美タイガくんも連れて行くべきだろうと、二人のアクスタを買いました。ぬいが売り切れていたからです。しかし、折れないように分解して西瓜の形のポーチに入れたアクスタを、旅先でもたもたと組み立てる私の姿は青森の澄んだ空気と雄大な景色にふさわしくないものでした。ぬいさえあれば……。そう思ったものです。

しかし、**ここで新しくオタクに提唱したいのが、旅行詠**です。

旅行詠とは、**旅行についての短歌**のことです。旅先で写真を撮ったり絵を描いたり日記を書いたりするように、短歌を作ってみてもいいのではないでしょうか？　歌ならば頭の中で作れますし、携帯電話のメモ機能や小さな手帳があればすぐに書き起こすことができます。**推しはこの景色を見てどう思うかな、このスポットを推しに見せたいな。**そんな気持ちで歌を作ってみましょう。

ちなみに、**作品作りをメインに据えた旅行や散策を吟行といい、それで出来るのが吟行詠**です。

タラゴナに着くよ。あなたを起こすときまだ聞こえない波よせてくる
聖家族　僕から遠いイニシャルをなぞっていけば遠い天井
おわるときやわらかくなる噴水にきみが駆け出してなにか言う　榊原紘『悪友』

スペインのバルセロナに行ったときの歌です。タラゴナというローマ帝国の名残りを残す町に足を伸ばしたり、サグラダ・ファミリア（直訳で「聖家族」）に行ったりしました。

¿Adulto? と聞き直されながら新品のおもちゃみたいなお金を払う
くびれたりふくれたりしてほんとうに指みたいなソーセージ　おいしい
五日目の切りたくなってきた爪のかたちに掌の肉をへこませる
牛尾今日子『八雁』二〇一八年五月通巻三十九号

これは一緒に旅行した友人の歌ですが、全く違って面白いです。
一首目は名所でのチケット購入でしょうか。大人（Adulto）料金かどうかを確認されている場面です。二首目でぎょっとするような（美味しそうには見えない）ソーセージの描写が出てきます。でも「おいしい」ならばよかったな……と複雑な気持ちになる、そういう面白さがあります。三首目のように、長期の旅行では爪が伸びてくるのが気になるものですが、それにしても地名などが出てこないので、同じ旅行でこんなに歌が違うものなのか、と思いました。

しなかったことも思い出　猫空（マオコン）のロープウェイは夕映えのなか

榊原紘『ｋｏｒｏ』

これは、台湾（台北）に旅行に行ったときの歌です。猫空というところまで足を伸ばそうとしましたが、やめました。しなかったこと、やれなかったアクティビティに焦点を当ててもいいと思います。

モルダウの左岸に立っている塔よいちまいの絵を見に行く旅よ
オレンジの家をあなたは見つめつつまた来ましょうと口ぐせを言う

土岐友浩『Bootleg』

モルダウはチェコ国内最長の川で、現地の名称は「ヴルタヴァ」です。チェコのプラハは「百塔の街」とも言われていますし、「モルダウ」「塔」とくると、これはプラハの旅行詠かな、と思います。「～塔よ」「～旅よ」という対句が使われ、見慣れない景色に心が踊っている感じがしますね。

海外を歩くと、家の外観の色が統一されていることがよくあります。プラハは確かにオレンジの系統で、これが何かの家というよりは「チェコの町にある家」という普遍的な捉え方ができます。「また来ましょう」が「口ぐせ」というのが面白いですね。それが口ぐせだと分かるほど、一緒にいろんな場所を訪れたのだ、という関係の歴史を感じる歌です。

●セーブポイント　ここまでをセーブしますか？　▼はい

◆これからのオタクの旅行は、ぬい＆旅行詠。

推しと短歌をつなげるワークシート⑥

今まで訪れた場所（旅行先）、訪れた季節、利用した交通機関、名物、貨幣の単位、天候、思い出、推しに見せたいと思ったものなどを書いてみましょう。

縛りを設ける

いちごつみ、題詠、テーマ詠、折句など

いちごつみ

「いちごつみ」とは、**相手が詠んだ短歌から一語とって歌を詠み、それを繋げていく遊び**です。助詞や助動詞ではなく、名詞や動詞をとります。

例として、帷子つらねさんと行ったいちごつみの最初の三首を公開します。合計三十首（一人十五首）で、約六時間半かかりました。歌数にもよりますが、何日もかけて行う場合もあります。

①**榊原**　眼の奥に錆びた秤が一つあり泣けばわずかに揺れる音する
②**帷子**　錆びるしかない衝動へ手がのびて、百合には百合の鋭い美質
③**榊原**　百合のように俯き帽子脱ぐときに胸に迫りぬ破約の歴史

最初の一首目は特に縛りがありません。

このいちごつみでは、錆びた（錆びる）→百合と言葉を摘んでいます。「錆びた」から「錆

びる」くらいの変形はOKというルールで行っていました。どれくらい縛りをきつくするかは話し合って決めてください。帷子さんは②の

錆びるしかない衝動へ手がのびて、百合には百合の鋭い美質

この歌を改作して、工藤吹さんの個人誌『こうせん』（二〇二一年）に寄稿しています。

錆びるしかない衝動に手が伸びてスイセンにはスイセンの鋭さ

「百合」という花が持つ意味の強さを捨て、「s」音の響きが鋭い水仙を代わりに持ってきています。「スイセン」とカタカナにすることでさらに表記の上でも鋭利になっています。

写真から作る

晴れたよって鼻をすすってメールする間もシークバー動いてる
思うより眩しい中庭(パティオ)遠くから誰かが吹いている、ハーモニカ？

榊原紘「うちまちだんち」短歌連載「部屋にうたえば」第二十六回
（改作して『ｋｏｒｏ』に収録）

写真を見て短歌を作ることも可能です。ウェブマガジンの連載記事「部屋にうたえば」では、毎回一枚の写真から五〜七首の連作を色々な歌人が作っています。携帯の写真フォルダなどから一枚選び、歌を作ってみるのも面白いと思います。

題詠

題詠とは、出された題（言葉）を必ず入れて歌を作ることです。「土」ならそのまま地面の「土」の歌を作ることもできますし、「土木」「土踏まず」などの言葉を使うこともできます。

海沿いの村へと流れ着いたのちかわいいゾンビとなるオフィーリア
笠木拓『はるかカーテンコールまで』

この歌は題詠「いいぞ」で出した歌とのことです。「かわいいゾンビ」には「いいぞ」が含まれている、ということですが、こういう題詠のやり方はかなり変則的だと思います。

オフィーリアはシェイクスピアの『ハムレット』に出てくる女性で、ジョン・エヴァレット・ミレーが描いた絵が特に有名です。

その美しさを語り継がれようとも、悲惨であることに変わりない死を遂げたオフィーリアは、この歌では海沿いの村へと流れ着き、ゾンビとなります。しかも、かわいいゾンビです。オフィーリアは村で気ままに過ごすのでしょうか？ 村を滅ぼすのでしょうか？ 分かりませんが、きっとかわいく自由に生きられるはずです。思わず、「いいぞ」と応援したくなります。

テーマ詠

テーマ詠とは、出された言葉を連想できる歌を作ることです。テーマ詠「春」なら、お花見の歌や入学、おろしたての靴や区間の変わった定期のことを歌にしてもいいですね。テーマの言葉そのものは入れなくて構いません。

折句

折句とは、各句の頭を繋げて読むと別の言葉が現れる言葉遊びの一種です。『伊勢物語』の「東下り」に登場する在原業平の歌が有名です。

からころもきつつなれにしつましあればはるばるきぬるたびをしぞおもふ

この歌には、**「かきつはた」（=カキツバタ）という花の名前が隠れています。**

私のキャラクター名の折句を紹介します。

宝物も恥にまみれてしまうけど余沢の先を透けていくから　榊原紘『koro』

〈たか〉らものも／〈は〉じにまみれて／〈し〉まうけど／〈よた〉くのさきを／〈すけ〉ていくから

この歌は、『ブルーピリオド』の高橋世田介くんの名前を折句にしたものです。大切なものや大好きなものを、恥ずかしいと思ったり／思わされたりすることだってあるかもしれないけれど、それでも世田介くんが色々なものを吸収して、今ある恵みのその先へ進む（その先は誰にも見えない＝透ける）ことを願って作ったものです。

ハードモード

沓冠《くつかぶり、くつかむり》

五句それぞれの初めと終わりとの一音ずつを続けて折り返して読み、合わせて十音で別の歌意を伝えようとする技巧的な折句のことです。

私が沓冠のすごさを実感した歌をご紹介します。

それはなお続くはるさめ　銀河まで寄ろうそのあと嘘をゆるそう
山中千瀬「早稲田短歌」四十二号

そ　れはな　お
つ　づくはるさ　め
ぎ　んがま　で
よ　ろうそのあ　と
う　そをゆるそ　う

「卒業おめでとう」！　歌としても綺麗で切なく、「卒業おめでとう」という隠れたメッセージと雰囲気が調和しているところが素晴らしいです。

折句、沓冠のいいところは、**推しの名前などを入れ込むことで、直接的ではなくともこっそり推し活することができる！**ということです。ただし、五音以上必要なので名前が短く四音以下の場合は、「〇〇がんばれ」など折句の言葉を長くするといった工夫が必要です。

回文

咲いて夜　君かえす野薔薇咲く多くさらばの末か見切る予定さ
さいてよるきみかえすのばらさくおおくさらばのすえかみきるよていさ

山中千瀬

「君かえす」と「さく」の音から、

君かへす朝の舗石さくさくと雪よ林檎の香のごとくふれ　　北原白秋『桐の花』

この歌を思い出しました。本歌取り（二〇六頁）ではないかもしれませんが、比較するとしたら、「君かへす〜」の歌は「君」との関係が継続する予感があるのに対して、「咲いて夜〜」の歌には「さらばの末」と、関係の終わりが見えてきます。「見切る」が「見届ける」なのか「だめだと見切りをつける」なのか断定できませんが、私は後者だと思います。棘のある野薔薇に囲まれており、少しでも言動の匙加減を間違うときっと傷つく、危うい雰囲気があります。

普通に歌を作ったとき、「さらばの末」や「見切る予定さ」というフレーズは思いつくことができないかもしれません。回文短歌は、折句と同じように、ある種の制約があるからこそ言葉が生まれてくる面白さがあります。

推しと短歌をつなげるワークシート⑦

「推し」の名前を縦に書いて、どのように配置すれば歌ができやすいか考えてみましょう。たとえば、「田島悠一郎」（『おおきく振りかぶって』）で考えたとき、上の並びだと、「まゆ」では「眉」や「繭」が思いつきますが、「ういち」はかなり難しいです。一方、下の並びなら、なんとかなりそうです。「じま」は「自慢」や「字幕」が思いつきますね。

た
じ
まゆ
ういち
ろう

た
じま
ゆう
いち
ろう

折句をいきなり考えるのが難しければ、こうやって配置すれば歌が作りやすいかも、という感覚を身につけてみましょう。推しの名前を折句用に横に並べてみましょう。

●セーブポイント　この章をセーブしますか？▼はい

◆いちごつみはたくさん歌が作れて読めるよい遊び。
◆折句でこっそり推し活！

推敲しよう

「一旦歌を作ったはいいけど、これでいいのかな。もっと改善の余地がある気がする」……そう思いはするものの、**何をどうしたらいいのか、分からない。**はじめのうちは、よくあることです。しかも、自分の歌を読めば読むほど、「自分で作ったんだから意味は分かるなぁ。うん、いい気がする」とか、「いや、でもこれ全然よくないんじゃないか？」とか、意見が変わっていきます。

そんなとき、学生時代に先生から、「分からなかったら質問しなさい」と言われたことが思い浮かびます。先生、何が分からないのか、分からないのです。

最初のうちは、人に意見を聞くより他ありません。それは、「推敲」という言葉の成り立ちそのものが示している通りです。

「推敲」とは、唐の詩人賈島(かとう)が「僧は推す月下の門」という一句について、「推す」か「敲(たた)く」かどっちがいいか夢中になって考えていたら偉い人（韓愈(かんゆ)）の行列に突っ込んでしまい、捕らえられるも事情を話すと、韓愈から「敲く」を勧められた（その後二人は詩について熱く語り合った）という、最高の故事（『唐詩紀事』）にちなみますが、**こういう一語の検討が、やはり短歌でも大切**です。

しかし、**最初のうちは自分で「敲く」に決めることはおろか、「推す、か？　敲く、か？」**と考えつくことも難しいものです。

推敲は歌会とセットで行っていくのが一番早いですが、たった一人でやれる、獄中でもできるのが短歌のいいところです。

人と評のやりとりができない場合は、歌集をたくさん読んで技法をどんどん取り入れていきましょう。言いたいことがたくさんある場合は、そもそも一首で表せる内容なのか、検討したほうがいいですね。

一七九頁でご紹介したいちごつみで作った、私の歌の推敲についてご説明します。

お揃いのアンクレットを巻いてみるできたばかりの傷に沿うよう

この歌に対し、推敲時に「アンクレットの具体性を出したい」という気持ちになりました。「アンクレット」はそれだけで六音消費しますが、助詞を一字補えば七音になるため、二句目・四句目・結句に入れることができます。

青色であるという情報を追加しようと思います。なぜ青なのかというと、「アンクレット」と頭韻を踏めるからです。

青色のアンクレットを巻いてみるできたばかりの傷に沿うよう

これでも目的は達成できますが、「お揃い」であることが重要だったので、語順を変えてみます。

できたての傷に沿うよう巻いてみる揃いの青のアンクレットを

このようにして、個人誌（『それは、とても広いテーブル』）に掲載しました。しかし、載せた後で「できたて」の部分がスーパーのお惣菜か何かか？という気持ちになってしまい（もう少し早く気づくべきでした）、第二歌集『ｋｏｒｏ』では、

できたばかりの傷に沿うよう巻いてみる揃いの青のアンクレットを

と、初句七音にすることで完成させました。「七音なら二句目・四句目・結句に入れることができる」という考えがあったのに、七音を初句に持ってきて完成となりました。そういうこともあります。

推敲のレベルは様々です。上下を別の歌と入れ替えたり、語順を変えたり、一語を変更したり、言葉は変えないけれど漢字からひらがなといった表記を変えたりします。どの段階で歌を「完成」とするかは人によって違います。

歌の中の言葉が十全ではないこと、他と置き換えが可能であることを「動く」と表現しますが、人から意見をもらったところで「でも、もうこれ以上動かないんだよな」となんとなく思う場合もあります。人から何も言われていなくても、自分で動かし続けることがあります。

●セーブポイント　ここまでをセーブしますか？▼はい

◆最初のうちは直せるのか、どう直したらいいのか分からないのは当たり前。
◆他の表現と置き換えが可能であることを「動く」という。

〈ルビで工夫しよう〉

『ハイキュー!!』三十二巻の名場面。バレーの試合中、ウイングスパイカーの田中は調子が良いと感じながらも、これ以上強引に行くのは危険だという〝勘〟によって一歩引いた判断をし、セッターの影山に「一時（いっとき）俺に上げる本数を減らしてくれ」と頼みます。士気の高い田中がこのような依頼をするのは珍しいのですが、常にセッターとしてスパイカーの願いを高いレベルで叶えようとしてきた影山は、「いいえ」と却下します。「田中さんの攻撃が必要です」。

それを、田中は「励まし」ではないと感じ、心の中で自分を鼓舞します。

励ましなんかじゃねえ　この　脅迫（しんらい）に　応えて見せろ

この**「脅迫」**に**「しんらい」というルビ**が忘れられません。「信頼」という、本来やさしくあたたかな言葉の意味を、それとは真逆の「脅迫」という言葉が確かに持ち得ること。それを、ルビという機能で可能にしたのです。

ルビというのはそれだけで、一つの発明なのです。

短歌にもルビが使われます。歌を読みやすくするためのものから、技法的なものまで様々です。少しご紹介します。

①難読ゆえに親切で

酸漿（ほおずき）のひとつひとつを指さしてあれはともし火　すべて標的

服部真里子『行け広野へと』

「ほおずき」は確かに「酸漿」と書くのですが、いきなり「酸漿」と書いて読める人はそれほど多くないかもしれません。親切心から発生したルビです。

短歌にはそもそも、ルビが振られていないことが多いです。歌集と辞書を往復して読んでいくということだってあります。旧字が使われているとさらに難易度が上がりますが、「読めない漢字ばっかりだ……」と落ち込まず、一つ一つ覚えておきましょう。

②複数の読みがあり、音数で分かるが誤読を防ぐため

空の唇（くち）享けたるごとき水紋のひらきつつゆくひとつあめんぼ

小原奈実「詩客」二〇一二年六月八日

「唇」は「くちびる」・「くち」などの読みがあり、この歌では「空の唇」と書かれると、初句が五音であれば「くち」のほうだと思えるのですが、「くちびる」と読まれて字余りだと思われないようにルビが振ってあるのでしょう。これも①と同じように親切心からくるルビです。

短歌でよく見る「歌の音数によって読みが変わる漢字」の一部は、以下の通りです。

- **唇**《くちびる・くち》
- **湖**《みずうみ・うみ》
- **背**《せ・せな》
- **腕**《うで・かいな》
- **一日**《いちにち・ひとひ》

これらは基本的に、**「合う音数のほうで読んでね」という暗黙の了解**があり、ルビが振られていないことも多いです。見て覚えろと言ってくる職人のようですね。振ってあった場合、親切な作者だなぁと思います。

③複数の読みがあり、音数では分からないため

手放してやれなかったのは僕のほう　踵で壊す薄氷(うすらい)の朝　　榊原紘『ｋｏｒｏ』

「薄氷」は「はくひょう」・「うすらい」・「うすごおり」といった読みがありますが、「はくひょう」と「うすらい」は同じく四音なので、「〇〇〇〇の朝」の結句に当てはまります。ただ、作者としては「うすらい」で作ったため、読みを確定させるためにルビを振りました。

④意味はその通りだが、読みはその通りではないため

おそらくはつひに視ざらむみづからの骨ありて「涙骨(オス・ラクリマーレ)」　　塚本邦雄『約翰傳僞書』

頭蓋骨を構成する骨の一部である「涙骨」は、確かにラテン語で「os lacrimale」と書きますが、「涙骨」と書かれれば「るいこつ」と読んでしまうでしょう。そのため、この場合のルビは必須なのです。どの骨も「つひに視ざらむ」と言えるのではないか、と思いますが、「涙」という目に見えるもの、目から出てくるものの名前を冠している「涙骨」だからこそ、この言い方が効いてくる歌です。

わがウェルギリウスわれなり薔薇(さうび)とふ九重の地獄(Inferno)ひらけば　　川野芽生『Lilith』

「薔薇」は「ばら」ではなく「そうび」であることを示すためにルビがあります。そして、「地獄」と書かれればこれもまた「じごく」としか読めず、ダンテの『神曲』をモチーフに作られた歌で、「地獄」が「地獄篇（Inferno）」であると示す必要があるため、必須のルビです。

⑤意味としても違うし、そうは読めない場合

青嵐　まぶたに舌を押しつけて皮下にうごめく惑星(まなこ)とあそぶ　　陣崎草子『春戦争』

ここでは「惑星」に「まなこ」、つまり「眼」を意味するルビが振られています。目を星に喩えることはあるでしょうが、それをルビとして採用するのはまた一段階飛躍しています。意味としても「惑星」と「まなこ」は異なりますし、これは振られていなければ読めないので、必要なルビです。

⑥和訳として

Einmal ist keinmal（一度は数のうちに入らず）　挽歌から挽歌へ人は光を綴じて

大森静佳『てのひらを燃やす』

Einmal ist keinmal はドイツの諺（ことわざ）で、直訳すると「一回は一度もない」、つまり「一度は数のうちに入らず」です。ルビが振られているので「一度は数のうちに入らず」で初句七音二句目七音で読みますが、ドイツ語の「Einmal ist keinmal」で読んだほうが韻律がおさまるのも面白いところです。

この諺は、ミラン・クンデラ『存在の耐えられない軽さ』の登場人物、トマーシュの発言としても有名です。「一度だけおこることは、一度もおこらなかったようなものだ。人がただ一つの人生を生きうるとすれば、それは全く生きなかったようなものなのである」（千野栄一訳）。

また、基本的に外国語のルビは「読み方」もしくは「意味」のどちらかのみを振れる（両方は振れない）と思ってきましたが、

Sunninntai（スンニンタイ／にちようび）メトロの窓に幼子が指先で描く透明な月

古井咲花『短歌研究』二〇二三年七月号

フィンランド語のSunninntaiに、読みの「スンニンタイ」と意味の「日曜日」がルビで振られています。この歌のように、読み方と意味の両方を左右のルビで実現させるやり方は、私が知らないだけでもっと前からあったのかもしれませんし、もっと奇抜な例もたくさんあるでしょう。

ルビというのはそれだけで一つの発明ですが、奇を衒い（てらい）すぎるとその面白さや発想に歌の価値が丸ごと喰われる、とも思います。つまり、「それは確かに面白いルビの振り方だけど、歌の内容がその面白さについていっているだろうか」と思われると、むしろ損だということです。

形式上の新しさを探究することと、オーソドックスな形式で内容の新しさを追求すること、どちらも大切ですね。

●セーブポイント　ここまでをセーブしますか？ ▼はい

◆ルビには読みやすさを向上させるため、別の意味を付与するためなど色々な機能がある。

〜分からなさと向き合う〜

この世には分からない歌もあります。**「分からなさ」は、「その歌がよくない」ことや「読み手としての能力が低い」ことに直結しません。**「分からないけれどよい歌」もあるし、「分からない」というのも重要な感想です。

ただ、「分からない」ことは往々にして「つまらない」に繋がりがちです。現に、歌の読み方の違いや知識量の話から諍いになり、短歌を離れた人を多く見てきました。分からないということを受け止めながら、進化していくことができるはずです。そして、人と理解度が異なるからといって、「こんなことも分からないのか」と言ったり言われたりするのは、ジャンルを腐敗させます。要は伝え方の問題かもしれませんが、ここでは「分からない」ことにどう向き合っていくかをお伝えします。

一つ言えるのは、歌を読んだときにただ一言、「分かりませんでした」と言うだけではなく、その**「分からなさ」というものが何に起因するのか**、探ってみたほうがよいということです。

①文法、語彙が分からない
②知識、教養がなくて分からない
③抽象的で分からない
④なぜこんな歌が作られたのか分からない

一つ一つを吟味していったとき、ではこれから似たような歌に出会ったときにどうしたらいいのかを考えていけると思います。

①文法、語彙が分からない

たちまちに驟雨はれゆく野の平(たひら)少年を少年は背後より呼ぶ

真鍋美恵子『土に低きもの』

「驟雨」は、急に振り出して間もなく止んでしまう雨(=にわか雨)のことです。「しゅうう」と読みます。短歌以外でほとんど見たことがありません。にわか雨なので、たちまちに止んで明るくなります。この歌ではその光の中で野原が現れ、少年が少年の背に声をかけます。その明暗のグラデーションと、カメラワークが美しい歌です。

水は常にシャンパングラスにて飲むものとわれにをしへし天國泥棒

水原紫苑『快樂』

「天國泥棒」は日本のカトリックの間で生まれた言葉で、死ぬ間際に洗礼を受ける人のことだそうです。シャンパングラスの細く洗練された形が、単なる水を何か特別なものにします。イエスは弟子たちにワインをふるまい、「これが私の血である」と言いましたが、主体にとってはこの水とこの教えが、血肉となっているように思えます。

②知識、教養がなくて分からない

行きて負ふかなしみぞここ鳥髪(とりかみ)に雪降るさらば明日も降りなむ

山中智恵子『みずかありなむ』

この歌を初めて読んだとき、「鳥髪」は髪の毛の状態を表す言葉だと思っていました。ぼさぼさの長めの髪、といったニュアンスです。

しかし、『古事記』にある地名（高天原(たかまがはら)を追放されたスサノオが降り立った「出雲国の肥の河上の鳥髪(とりかみ)」）だと、何年か後に分かりました。

「ぼさぼさの髪」と「古事記の中の地名」では全然違う、と衝撃を受けました。皆さんは、その場で知らない言葉があったらすぐに調べましょう。

③抽象的で分からない

短歌には「分からない」ものもあります。それを、**「自分はバカだから分からない」と思い続けるのは、苦しいことです。**

短歌を何十年やっていても「正しい」ことを言っているかなんてそれこそ「分からない」のです。でも、「妥当」に近づくことは可能だと思います。それに、「分からない」「できない」ことへのアプローチはたくさんあります。文法や教養系は特にそうです。うまく言葉にできなくても、焦らずに心の中に言葉が溢れて来るのを受け止めましょう。

④なぜこんな歌が作られたのか分からない

倫理にもとる歌などを見かけて、**「歌ならなんでもしてもいいのか？」「うまければなんでもいいのか？」**と思うことがあるかもしれません。歌の中であえて心をざわつかせるようなことを皮肉として書かれることもあります。短歌で風刺をすることはよくあります。その場合、**皮肉であるということが分かったとしても、それがうまくいっているかどうかを考えたほうがよいでしょう。**もしうまくいっていないのだとすれば、その技術面を批判的に捉えて評をします。

様々なことを鑑みた上で、受け入れられないのならば、それはそれであなたの大事な心の動きです。

言葉にならないもの、言語化や概念化をすりぬけて入ってくる「入力」だけが、人を「あふれさせる」。
だから表現において「分かる」「分からない」の区別などは、わりとどうでもいいことだ。分かるも分からないも、表玄関の話であって、言葉にならないものは、いつも、裏口を開けて勝手に入ってくるから。

上田信治『成分表』(素粒社)

●セーブポイント　ここまでをセーブしますか？▼はい

◆「分からない」というのも大切な感想だが、どう分からないのかを考えよう。
◆文法、語彙が分からない／知識、教養がなくて分からない／抽象的で分からない／なぜこんな歌が作られたのか分からない……など、分けて考えた上で対策を立てよう。

コラム 3

（「パクリ」問題はいつも難しい）。

「パクリ」。この言葉はオタクである限り日常でよく目にする言葉です。この話はしておかなくてはいけません。

「類想」という言葉があります。これは、考えが似てしまうことです。既にある歌と似てしまった歌を**「類想歌」**、または「類歌」といいます。

名称がついているというのは、それくらい**よくある事象**だからです。

基本的に三十一音である短歌は、その短さゆえに、既にあるたくさんの歌と似てしまうことはあり得るのです。

短歌をたくさん読むようになったら、「似ている歌を知っている」という感覚は芽生えるものです。これは一概には、「パクリ」とは言えません。

類想は本当によくあることなので、歌会で「類想歌があって～」と例を出された場合、「盗作するな！」といった強い意味はほとんどありません。似ていますよ、というだけです。

また、短歌の批評用語に**「既視感がある」**というのがあります。これは、「こういう歌はこの世に過去にたくさんあるでしょう」、「独自の発想や言葉の選択ではないですね」くらいの意味です。

歌会をはじめとして、歌についての意見を述べる機会があった場合、「既視感がある」とふわっと終わらせるのではなく、類想だと思える歌を引き、それら歌のどこがどう似ているのか／違うのかを説明しましょう。

言われた側は、既存の作品を意図していてもしていなくても、あまりにも似ている場合は後から出したほうが作品を取り下げるのが一般的です。既存の作品の存在を知らず、自分としては類想とも思えないという場合は、そのまま自分の作品とする人もいます。対応は色々です。

次の項目では「本歌取り」についてお話をしましょう。

本歌取り

本歌取りとは、有名な歌の一句もしくは二句、骨格を自作に取り入れる技法です。本歌を背景として用いることで、歌に奥行きを与えて表現の重層化を図れます。

行きて負ふかなしみぞここ鳥髪(とりかみ)に雪降るさらば明日も降りなむ
山中智恵子『みずかありなむ』（一九六八年）

雪に傘、あはれむやみにあかるくて生きて負ふ苦をわれはうたがふ
小池光『バルサの翼』（一九七八年）

二首目の歌はそれ自体でも有名ですし、一首目の本歌取りとしても知られています。

行きて負ふかなしみぞここ鳥髪(とりかみ)に雪降るさらば明日も降りなむ

『古事記』の地に雪が降っています。いま、雪が降っていることは「明日も降る」ことを保証しませんが、雪という、時に生命を脅かす自然現象が続くことを主体は予期しています。かなしみを背負って歩んでいくこと、神話の土地にも雪が降ること。その厳しさを受け入れた上で、「さらば明日も降りなむ」というのは、強い覚悟を感じます。

雪に傘、あはれむやみにあかるくて生きて負ふ苦をわれはうたがふ

雪が降っているときに傘をさしています。雪の景色が「あはれむやみにあかる」い。生きていく上で背負う苦など、本当にあるのだろうかと思えるほどです。寒く厳しい季節にも心に希望が生まれています。この歌に出てくる場所は、生活圏として想像される場所ですが、一首目の本歌取りであることをふまえると、烏髪にも雪が降っています。二つの世界、それ以上の世界に同時に雪が降っています。かなしみのある世界もあると知りながら、今ここで見ている世界のあかるさを信じている、そういう構図になります。

ある歌に似ている別の歌が、「本歌取り」なのか「類想」なのかは迷うところですが、「本歌取り」は元になっている歌が有名であることが一つの条件です。この「有名」というのも非常に曖昧な言い方ではあると思います。

本歌取りに挑戦したい場合、一つのコミュニティの中（インターネットの投稿サイト、

新聞の投稿欄、ある歌会の仲間内）で行うと「類想」や「盗作」と思われる危険性が高まると、個人的には思います。和歌や、何十年か前の歌集をもとに挑戦したほうがよいでしょう。

ちなみにこの歌は、百人一首にも入っている歌の本歌取りとして作りました。

ひとが花ならば手折ってゆくだろうまずは肋骨あたりに触れて　榊原紘『悪友』

心当てに折らばや折らむ初霜のおきまどはせる白菊の花　凡河内躬恒（おおしこうちのみつね）

●セーブポイント　ここまでをセーブしますか？▼はい

◆本歌取りは有名な歌の骨格を自作に取り入れる技法。
◆本歌取りは元の歌が有名であることが条件の一つ。

〈本を作ろう、文フリに出よう〉

需要があるとか
無いとか…
売れるとか
売れないとか…
そういう話じゃない…!!

同人誌は夢なんだよ…
こんな本が
あったらいいな
読めたら最高だな
っていう夢!!

真田つづる『私のジャンルに「神」がいます』
二巻（KADOKAWA）

これは、「同人誌を作る」ということを突き詰めた名言だと思います。短歌の界隈にも数多くの同人誌が存在します。同人誌を作ると、何がいいのでしょうか。

何がいい、とか、そういう話ではありませんね。**「こんな本があったらいいな」を実現できる。そして、本を作った暁には、そう、文フリに参加できるのです！**

通年各地で開催されている「文学フリマ」、通称「文フリ」は、簡単にいうとコミケです。短詩界ではこの催しが「イベント」の最たるものと言っていいでしょう。個人主催のイベントや歌集の批評会などはありますが、やはり一堂に会するというと文フリです。

二〇二三年五月二十一日に開催された「文学フリマ東京36」では、過去最多となる約一万七百八十人が訪れました（とはいえ、来場者数が単純に販売数に結びつくことがないのは、同人誌即売会あるあるです）。

文フリでは個人やグループが作った本を買うことができ、様々な利点があります。

- 気になっている人の最新作を読める
- 歌集よりも安価で購入できる
- 歌集を出している人が出店している場合、歌集も併せて買えることが多い

・その場で気になったものも気軽に買える

また、「この短歌の島（机が並んでいるエリアのこと）にいる人たちは、みんな短歌やってるんだな」と思うとわくわくします。

歌集は一冊安くて約二千円。四千円近くの値段のものもあります。そして、普通の本屋には全然並んでいませんし、すぐに絶版になります。本当にすぐに絶版になります。一年も経てば短詩に強い本屋さんの棚でも、ラインナップが様変わりしている、ということはあり得ます。

それに、歌集は何かの賞を受賞した人が副賞として出せる場合もありますが、全ての賞が対象ではありません。歌集出版の多くが自費であり、価格、部数、流通……あらゆる観点で見て、非常に高いハードルが幾つもあります。現在、「歌人」だけの肩書きで生活できる人は数少なく、アルバイトや仕事、研究をしながら短歌を作り、出版まで漕ぎつけるかどうか、という状況です。

そんな厳しい界隈で、歌集が高く、あまり流通しないというのも分かるのですが、一冊ならまだしもそれを続けて買っていくというのもハードルが高いです。そこで、文フリで同人誌や個人誌をまず買ってみることをおすすめします。一冊数百円から買えます。気になっている歌人が参加している本や、ジャケットがよいなと思った本、なんでも構いません。

一八〇頁で引用した帷子さんの歌が収録されている、工藤吹さんの『こうせん』は、白の表紙に青緑の線で蟹のイラストと、「こうせん」という文字が書かれ、さらにトレーシングペーパーが上に綴じられています。蛍光色のミシン糸の中綴じで、紙も非常にこだわりがあります。同人誌、なんて贅沢な遊びなんだ……。と、この本を読んで改めて思いました。

『こうせん』は、工藤さんの短歌や俳句、日記が詰まっており、一部はゲームや漫画に影響を受けて作られたものです。また、帷子さんのようにゲストも寄稿しています。こうした「好き」を詰め込めるのも、読めるのも、同人誌ならではです。以下、『こうせん』から引きます。

強さとして竜を飼いたい弱点が増えたところでかっこいいから　工藤吹

この歌は、『ポケットモンスター』から影響を受けて作られたものです。ドラゴンタイプの、弱点があったところでそれすらも「かっこいい」と感じる、ポケモンに対する愛情、かっこいいものの傍にいることで自分がトレーナーとして凛としていられるあの感じが蘇ってきます。ポケモンの歌だと思わなくても、竜という存在が主体にとって心強い存在だと感じられる歌です。

遠雷の遠さ　ベートーヴェンの父母にもあったはずの苦悩よ　奥村鼓太郎

遠雷の／遠さ〇〇〇〇／ベートーヴェンの／父母にもあった／はずの苦悩よ

この歌は、五・三・七・七・七で読みました。「遠雷」は、どこかベートーヴェンの「交響曲第五番　ハ短調　作品六十七」（「運命」としても知られる）の有名な「ジャジャジャジャーン」のあの音を思い出します。主体は才能のある人間だけではなく、その周り、親といった近い存在の苦悩を想像します。それは確かに存在するだろうと思うけれども、どこか遠くにあり、うまく想像できている感じがしません（「あったはず」のような不確かさ）。それが、遠雷の音と光が離れている感じとも似ていると思います。

その他にも面白い作品がたくさん載っていますが、この『こうせん』は完売しました。同人誌は一期一会ですね……。

もちろん、**本を出すことが全てではありません。しかし、作品をまとめて読める機会がある、というのは読者からしてもありがたいですし、作者自身も、自分のアーカイブを残しておける機会があるというのはよいものです。**

出店をしたことがある方々はお分かりかもしれませんが、出店をする大きな利点、それは「並ばずに入場できる」、そして「座れる」ということです。

数年前までそんなことはなかったのですが、近年の文フリの混み具合はとても気軽に行けるものではありません。出店者入場証があるだけで、すっと会場に入ることができますし、あの混み合う会場内で座席を得ることができるのは、なかなかいいものですよ。ぜひ、本を作って文フリに参加してみてください。

人と参加するほうが防犯上安心できますが、お一人で参加される場合は、近くのスペースの人と挨拶をして席を立つ際や困ったことがあったら相談してください。また、お客さんとして参加しても、出店側で参加しても、トラブルがあれば運営の方や近くにいる人に早めに相談しましょう。

●セーブポイント　ここまでをセーブしますか？ ▼はい

◆文学フリマに行ってみよう。

歌会をしよう

作るだけで楽しい、と思えることはよいことです。

ただ、「これって人にはどう思われるんだろう？」、「ちゃんと伝わるのかな？」と気になったときには、人の評を受けてみましょう。なぜなら、**人は自分のことを客観視できないからです。**

自分が作った歌がどれくらい・どのように伝わっているかを、一人で考えるのは難しいです。ここは伝わりづらくて不親切だなとか、ここを直したらよくなるな、と分かるのはかなりの上級者だと言っていいでしょう。

自分の歌への貴重な意見を聞ける場所があります。

それが歌会です。

歌会は、「うたかい」とも「かかい」とも読みます。皆で歌を持ち寄って、それぞれ評（意見）を言います。見学ＯＫの歌会もありますが、基本的に参加者は全員が歌を出し、必ず評をします。等価交換、いや、それ以上のものを返す気持ち（『鋼の錬金術師』二十七巻、「等価交換を否定する新しい法則」）で臨みましょう。

ここではマインドの話をしましょう。細かい用語や流れは、また別の機会に。

歌会では、色々な歌に出会います。素敵な歌、分からない歌、つまらない歌……。参加する歌会に、特にテーマがなければ尚更です。色々なことを思うでしょう。

・この歌が好き！　でも、うまく言葉にできない……。
・私はこう思うけど、初心者だし、歌の解釈が合ってるのか分からないよ～！
・歌の意味が全然分からない！
・これって（差別的で）よくない歌なんじゃないの⁉　作者の人は何を考えてるの⁉（怒）
・そもそもこれって短歌なの？

「つまらない」「意味が分からない」。これも大切な感想です。それは忘れないでください。

ただ、**歌会では歌だけをまず読みます。作者がどういう人か、そういう話はしません。**歌会とは、作品を議論し合うのであって、人格否定をする場ではないからです。とはいっても、歌会に参加すると人は熱くなってしまいます。

そこで覚えてほしいのが、**「煉獄杏寿郎話法」**です。

先ほども書いたように、歌会でもっとも重要なことは、**歌に対する評のみをする**ということです。**人格に踏み込んだ評や人格否定はしないようにしましょう。歌だけではなく、歌に対する意見が違う人がいたときも同じです。**

『鬼滅の刃』八巻で、突如現れた上弦の参（簡単に言うと三番目に強い敵という感じです）・猗窩座が、まず手負いの竈門炭治郎（主人公）から狙った際、応戦した後の煉獄杏寿郎さんの言葉を思い出してください（吹き出しが切り替わったときに一字空けをしています）。

煉獄「なぜ手負いの者から狙うのか理解できない」
猗窩座「話の邪魔になるかと思った　俺とお前の」
煉獄「君と俺が何の話をする？」「初対面だが俺はすでに君のことが嫌いだ」
猗窩座「そうか　俺も弱い人間が大嫌いだ」「弱者を見ると虫唾が走る」
煉獄「俺と君とでは物ごとの価値基準が違うようだ」

これです。

「俺と君とでは物ごとの価値基準が違うようだ」。

相手と意見が違うなと思ったら、**相手の人格を否定するのではなく、「価値基準が**

違う」ことを冷静に言えばよいのです。煉獄さんをお手本にしましたが、「すでに君が嫌い」までは、歌会では言わなくていいですよ。地獄のような空気になってしまうので。

主語や目的語を大きくせず、自分はどうしてそう思ったのか、そうは思わないのか、しっかり言葉にしてみましょう。

歌会では煉獄杏寿郎話法（聞こえる程度の声量で）、覚えましたね。

そして、せっかく参加した歌会で「分からないな、つまらないな」と思ってばかりだと、結構落ち込むものです。実体験として、

- **短歌に対するセンサーが鈍ってしまったのか不安になる**
- **分からないということもうまく言葉にできない**
- **他の人が絶賛している歌のどこがいいのか、評を聞いても分からない**

このようなことがあり、歌会中にどんどんテンションが落ちていきました。

こうしたことがあると、かなりモチベーションが下がりやすくなります。先ほども書きましたが、「つまらない」「分からない」は大切な意見ですが、「分からない」を即、「つまらない」ものだと思ってしまうと、自分にはマイナスの面が大きいです。

「分からなくても良い歌」はこの世に存在しますし、むしろ、今の自分には理解でき

ない歌にきちんと向き合うことで、もっともっと短歌は面白く、広がっていくからです。
ここで皆さんにお伝えするもう一つの姿勢があります。

それは**「御曹司（御令嬢）マインド」**です。

あるとき、「なんでこの言葉がこうやって使われてるのか分からねぇな。フン、おもしれぇじゃん……」と、心の中の御曹司が足を組みました。するると、途端に心に余裕が生まれたのです。**まず最初に、「フン、おもしれぇ歌……」と思ってから読むと、自分の理解からはみ出ている歌もだんだんに興味を持って読めるようになりました。**皆さんもお好きな御曹司、御令嬢を心に呼び出してみてください。

それでもやっぱり自分には合わない、チューニングが合わせられない歌だってあるのですが、その場で心を尽くしても読めなかった歌が、あるときスッと理解できることもあります。私は歌会で「そもそも、これは短歌じゃない」と思ったことはありませんが、歌会で他の参加者の歌がそのように評されているのを見たことがあります。極端な字足らずや字余り、感情だけの羅列など、色々な短歌があると思いますが、作者が短歌だと思った以上、それは短歌です。**「これは短歌として提出されている」ということを一度受け取った上で発言すべき**です。そして、自分が短歌だと思っているものはどういうものなのか、その考えがどれだけ確かで揺るぎないものなのかを今一度考えたほうがよいでしょう。

最初に心の扉を閉めないで、歌の前に颯爽とリムジンから降りてきてください。

また、上手く言葉にできないのは、マイナスの感情だけではないはずです。「面白い！」「いい歌だ！」と思っても、どうしてそう思ったのか、うまく言えない。そういうこともあります。**その場合は、「まだ言葉にするのは難しいんですけど、いい歌だと思います」と先に言ってしまいましょう。**歌会では、自分の歌がどう感じられたのか、ドキドキしている人も多いはず。そんな中で、「いい歌」と感じてもらえたことは、作者の自信に繋がります。少なくとも私は、「いい歌ですね」と開口一番言ってもらえたことを支えに、ここまでやってきました。人の評を聞いて、「さっきは上手く言えなかったけど、○○さんがおっしゃってくださったように、〜だと思います」と後で付け足すこともできます。

歌会は短歌が一番上達する方法ですが、一番人間関係がこじれるものだとも思っています。**歌を批判されたからといって作者の人格が否定されたわけではありません**が、一生懸命考えた作品について何か言われると、やっぱり気になります。場が熱くなって、**自分自身も誰かに対してハラスメント発言をしてしまう**ことがある、**その可能性はゼロではありません。**その場にいる全員が、歌について真摯に意見を交わそうと思っていても、です。

信頼できる主催者が開いている歌会を見つけられたら、それは幸運です。知っている人が誰一人いなくても、その歌会が**アンチハラスメントポリシーや参加資格**についてきちんと定めているか、確認してみてください。一度その歌会に参加したことのある知り合いがいれば、話を聞いてもいいでしょう。また、主催者にメッセージを送って、事前に歌会に慣れていないことなどを伝えてもいいと思います。

★歌会用語集

歌会《うたかい／かかい》…作った歌を持ち寄って意見を交わし合う会。

詠草《えいそう》…歌会に提出する歌のこと。締切に遅れないように。

例：「詠草を期日までに司会にメールしてください」

歌稿《かこう》…詠草が並んだ紙。詠草集《えいそうしゅう》ともいう。だいたいは日時と参加者の名前、歌が番号つきで並んでいる。歌は無記名。あらかじめデータで配布され自分でプリントしてくる場合もあれば、当日その場で渡され、読み込む時間（歌数にもよりますが、十分ほど）をもらえることもある。

選《せん》…歌稿の中から、よいと思った歌を選ぶこと。

例：「本日の歌会は二首選です」（＝二首選ぶ、二首に票を入れる）

逆選《ぎゃくせん》…歌稿の中から、よくない歌を選ぶこと。やっているのをあまり見ない。

披講《ひこう》…歌を読み上げること。五七五七七で読む人もいれば、意味のまとまりで読む人もいる。一回だけ読む人もいれば、二回読む人もいる。

例：「披講の後に評をお願いします」

自由詠《じゆうえい》…縛りなしで歌を作ること。たいていの歌会はこれです。

題詠《だいえい》…ある言葉を必ず入れて歌を作ること。題詠「空」の場合、空（sky の意味）だけではなく、「空元気」「空き缶」「空集合」などの単語を作り歌に入れることができる。

テーマ詠《てーまえい》…ある言葉を決めて、その歌からイメージされる歌を作ること。ここにある「テーマ詠」の意味で「題詠」と言う人もいるため、歌会の規定に加えられたときは主催者に確認してください。

例：「テーマ詠「冬」で炬燵の歌を作った」

即詠《そくえい》…その場ですぐ歌を作ること。歌会の時間が余った際にする歌会の第2ラウンドの一種でもある。

解題《さくしゃかいだい》…作者を明かすこと。

主催者がやること

・日時、定員の決定

・参加者の募集
・歌会の詳細、詠草を司会に送ってもらう旨を参加者に連絡
・場所の用意、予約（オンライン、オフライン）
・会計（場所代や印刷費）

司会がやること

・集まった詠草から歌稿を作成
・あらかじめ読み込んできてもらう場合は、参加者に行きわたるよう、主催者に歌稿を送信してもらう
・当日読み込みの場合は、人数分＋予備を印刷

当日の歌会の進行

主催者と司会は兼任の場合が多いです。主催者が司会に不慣れだったり業務が多かったりすると、誰かに司会を委任します。

また、司会は全ての歌の作者を知っていることになるため、司会は評を聞く際は作者には当てないように指名していきます。もし司会が間違って作者に評を言うように指示してしまった場合、作者は素知らぬ顔で受け答えしましょう。「この部分が○○でよくないと思うのですが、皆さんはどう思いますか？」と、自分の歌の気になる部

分の意見を仰ぐ、という高等テクニックもあります。

司会も楽しむため、当日、匿名で詠草を書いた紙を集めてその場で歌稿を作成する場合もあります。票を入れる場合、自分の歌がどれだけ好きでも、自分以外の歌から選ぶようにしましょう。

歌会で要注意な発言

「初心者なので変なこと言ってるかもしれないんですけど」

不安なのは分かりますが、実は歌会には関係のないことです。歌会には、数日前から短歌を始めた人も、何十年も短歌をやってる人も来ます。初心者でもクリティカルな歌や評を出すことが可能なジャンル、それが短歌です。「変」かどうかは皆ですり合わせるので、自分で決めつけて萎縮しなくてOKです。

「合ってるか分からないんですけど」

「正解」を当てるだけなら「歌会」をしなくていいです。そもそも歌の「正解」は何でしょうか？　作者の意図を当てることでしょうか？　作者の意図通りに評ができるのもよいことです。作者にとっても、過不足のない表現ができたと確かめられるのは大きな収穫です。しかし、歌会は作者の意図をも越えた読みが生まれる場です。

（作者解題後に）「この歌はこういうことを考えていて～」

基本的に自歌自註（自分の歌に注釈をつけること）はしません。歌で分かってもらえなかったらその歌が弱かったということです。改善したいなら個人的に相談しましょう。こういう話が求められ、盛り上がる場合もありますが、歌会の場よりも二次会（アフター）の場が多い気がします。

歌会は全員が時間と精神力を持ち寄って参加しています。寿命を使っています。「私は読みに全然自信がなくて……」という人を他の参加者が慰めるだけの会や、「私はこんなにたくさんのことを考えて、こんな歌を作りました！」という、過程を含めて褒めてもらいたいだけの発表会にするべきではありません。

不慣れでも下手でも、歌だけを読んで自分の言葉で喋る、それを繰り返す。名前を今日初めて知る人たちが、自分が色々と考えて作った作品を、純粋に懸命に読んでくれる。その嬉しさを連環させる場が歌会です。

歌会はＳＮＳで募集していることもありますし、結社が定期的に開催していることもあります。アンチハラスメントポリシーを定めているところを探したり、知っている人（フォロワー程度の距離感でＯＫ）が参加している・したことのある歌会を探してみましょう。

「耳を貸しても魂貸すな」

これは私が作った歌会の標語です。

いただいた評に対し、全てその通りにする必要はありません。その歌会で通じなかった部分が他の歌会で通じることもありますし、自分の内省を通さずに言われた通りに直していては、自分の歌を見失ってしまいます。

ただし、歌会に参加する以上は全ての人に対して平等に耳を傾けるべきです。知っている人や、親しい人の意見だけ聞く、という態度は失礼です。また、自分が評をするときも、あくまで自分の意見を伝えるというだけで、言うことを聞かせようとしてはいけません。

「耳を貸しても魂貸すな」は、「批判を無視しろ」とか、「批判をするな」という意味ではありません。「批判を聞いてもらうための手続きがあり、批判を素直に受け入れるための準備が必要」ということです。

評を言われた側も、「意図したことと違うことを言われた。あの人は分かってない」と単に思うのではなく、どの意見を採用するか検討しましょう。

わけがわからない！と心の扉を閉じる前に、「ふ〜ん。一筋縄じゃいかねぇってか。おもしれぇ歌」と言って心の中でシャンパンに見せかけたサイダーを飲むことをおすすめします。

また、歌会ごとにそれぞれ違いがあるものです。ある歌会で票がたくさん入った歌を、別の歌会に出したら全然人気じゃなかった、ということはよくあります。

歌会に参加する人たちの好みが反映されますし、第一、各々のメンバーの「よい歌」の基準は全く異なっています。

あえて断言しますが、しばらく同じ歌会に参加していると、メンバーの好みが分かってきたり、作風に影響を受けたりすることで、その歌会で票が入りやすい歌を作ることが可能になります。ただ、そうするとその場での評価が絶対的になってしまいます。

違う価値観を知るために、行きやすい歌会の他に、別の歌会に参加する機会を持ってみてください。

ハードモード

長期的な評のやりとりの場

長期的に評のやりとりをする場を求めている場合は、サークル、カルチャーセンター、講義など、たくさんの選択肢があります。地域の情報誌などを確認してみましょう。

学生の場合は**「学生短歌会」**に入ってみてもよいでしょう。主に大学生、大学院生を対象にした短歌のサークルです。外部生や学生ではない人も参加できるところもありますので確認してみてください。私も学生短歌会（「京大短歌」）出身です。私がいた頃は一年に二回、合宿が開かれていました。合宿は二泊三日で歌会をしたり吟行をしたりしました。

学生をやりながら、また、学生を卒業した後の進路（？）として、**「結社」**に入ることができます。これは、職業、性別、年齢などを問わない短歌の集団です。特定の選者（師匠）の下につく制度の結社もあれば、選者を立てない結社もあります。選び方としては、「好きな歌人がいるところに入る」や「住んでいる場所から近いところで活発に活動しているところに入る」の二つが一般的です。ちなみに、**結社を越えた集まりは「超結社」と呼ばれます。**様々な結社に入っている人が集まる歌会を「超結社の歌会」と表現します。

コンビニプリント

短歌を打ち込んだものをＰＤＦなどのデータにしてコンビニプリントに登録し、印刷用のコードを配布することができます。ちなみに印刷されたところで登録者にお金は入りませんが、その代わり登録も無料でできます。期限は一週間ほどです。配布された側は、ちょっとしたアクティビティへの参加と、紙で作品が読めるよろこびを一枚二十円で得ることができます。

この方法のよいところは、読者からの反応がすぐに来ないということです。誰が見ているのかも、「いいね」と思ったのかも分かりません。作品を読んでほしいけれど、反応に一喜一憂してしまうという人にはおすすめです。

●セーブポイント　ここまでをセーブしますか？ ▼はい

◆歌会では、いつも心に御曹司、喋るときには杏寿郎。

引用について

私が愛する作品、『劇場版　少女☆歌劇　レヴュースタァライト』の話をさせてください。この作品では「レヴュー」つまりお互いが役を担う演目のようなものの中で、少女たちが言葉をぶつけ合い、戦いを繰り広げます。作中では星見純那と大場ななというキャラクターが、「狩りのレヴュー」という舞台で火花を散らします。

「言葉が私の力だ」と感じる星見純那は、「空を飛びたいなら、立って走り、踊ることを学ばなければならない」というニーチェの言葉や、「自分の道を進む者は、誰もが英雄である」というヘルマン・ヘッセの言葉を引用します。しかし、それらの言葉は大場ななには届きません。そして星見純那が、他人の言葉では駄目だと気づき、立ち上がって言うのが次の台詞です。

人には運命（さだめ）の星あれど、届かぬ足りぬはもう飽きた。足掻いて藻掻いて主役を食らう。九十九代生徒会長、星見純那。殺してみせろよ、大場なな！

彼女はやっと自分の台詞を自分で発することができました。「自分の言葉で喋る」というのは、兎角大切なことだとされますが、そこに辿り着くまでにはまず言葉を覚え、感性を磨かなくてはなりません。星見純那はたくさんの作品に出会い、言葉を愛し、それに支えられてきたからこそ、自分だけの武器を手にすることができたのです。

他の人の作品に心を揺さぶられたとき、記録したり、人に薦めたりすることはよくあると思います。そこで覚えておきたいのは、**正しい引用の仕方**です。

- **歌を引くときには、表記に間違いがないか何度も確認しましょう。**
- **作者名、出典（歌集名、総合誌など）をつけましょう。**

花豆のケーキにフォークあてがって生きるとは抗うこと　私たち
榊原紘『ｋｏｒｏ』

このようになります。

そしてファンアートとして絵などを添えることも可能です。ファンアートの構成上、一行縦書きで歌を書くことが難しければ、キャプションなどで正しい形が分かるように書いておきましょう。短歌では改行や空白は一つの技巧だからです。間違っても句ごとに一字空けや改行をしないでください。ルビ表記は《》か（）が一般的です。

ネット上に引用する際など、ルビをふれないときは次の三例のように表記します。

旱天にひとりあそびの神ありてあなたも奇妙《queer》わたしも奇妙《queer》
佐藤弓生　水原紫苑編『女性とジェンダーと短歌』所収

旱天にひとりあそびの神ありてあなたも奇妙（queer）わたしも奇妙（queer）
佐藤弓生　水原紫苑編『女性とジェンダーと短歌』所収

旱天にひとりあそびの神ありてあなたも奇妙わたしも奇妙
佐藤弓生　水原紫苑編『女性とジェンダーと短歌』所収

※「奇妙」に「ｑｕｅｅｒ」のルビ

●セーブポイント　ここまでをセーブしますか？▼はい

◆歌の引用をするときは、作者名や出典を併記する。
◆ファンアートの構成上、歌を表記通りに書けない場合、キャプションなどで正しい形が分かるように書く。

（もっとうまくできる人がいる、けれど）。

「〇〇（作品名）の短歌を作ってください！」と言われることがよくあります。そのとき、私の頭の中をよぎるのは、ゾーヤー・アクタル監督の映画『ガリーボーイ』（二〇一九年）のあるシーンです。

『ガリーボーイ』はインドの映画で、スラム街出身のラップ好きの青年が様々な出会いを経て世界でも有名なラッパーへと躍進する、実話をもとにした作品です。憧れのラッパーのSNSの投稿を見て、彼がいる会場へと赴いた青年（なぜ憧れたのか、その出会いがまた最高なのでぜひ観てほしいです……）は、書いてきたリリック（歌詞）を憧れの人に渡します。

「自分で書ける」と断られますが、「君に渡したくて」と食い下がります。すると、「お前の言葉をなんで俺が？」と返され、ラップバトルの輪の中に押し出されます。それが青年にとって初めて、人前でラップをする機会になりました。

「お前の言葉をなんで俺が？」

この言葉が私に突き刺さりました。
私に「〇〇の短歌を作ってください」と言った人は皆、その作品が好きだったはずです。感じたことがあるはずです。その感情は、私には分かりません。他の人にだって分からないのです。

自分で言葉にしてください。自分の言葉にしてください。

言葉は世界から借りているだけかもしれない。だから、「オリジナル」なんて本当は成立しないのかもしれません。自分よりもいい作品を作れる人がいるかもしれません。

誰かの作品を読んだとき、「これは私のことだ」とか、「あの作品の〇〇のことじゃないか」と衝撃を受けて、「この人がこんなにいい作品を作れるのなら、自分がわざわざ作らなくてもいいや」と思うかもしれません。

それは別に悪いことでもないでしょう。けれど、自分の感動を人に肩代わりさせることはできないのです。

一回作って、下手だなぁと思っても、いいじゃないですか。名作だ！と思ったものを次の日見たら全然ぴんとこなかった。いいじゃないですか。もっと時間が経ったらいいなと思える日が来るかもしれない。来ないかもしれない。でも、あなたはあなたの心を言葉にしたという、その事実があなたを支えるときが、きっときます。

ぼくの知っていることなんか、誰にだって知ることのできるものなんだ。――ぼくの心、こいつはぼくだけが持っているものなのだ。

ゲーテ『若きウェルテルの悩み』（高橋義孝訳）

推し短歌会、やってみた!

歌稿　推し短歌会　於　左右社

司会

榊原紘（以下、榊原）
「推し短歌」を提唱する歌人。本書の著者。

参加者

ひらりさ
オタク女性4人組、劇団雌猫のメンバー。最近短歌にハマり、文フリにも短歌同人誌を出品した。

もぐもぐ
オタク女性4人組、劇団雌猫のメンバー。アイドルオタク。アイドル短歌をブログに載せていたことも。

睦月都（以下、睦月）
歌人。急速に宝塚歌劇団にのめり込み、初めての推し活を満喫している。

M
本書の編集。短歌歴なし。

①題詠「海」

※題詠については一八一頁参照

1　いくたびも生まれ変わっても海沿いのシルバー人材センターで会う

2　飴色の霧の流れに背を向ける　君の海馬が眠れるように

3　海にがて〜暑いし焼けるし疲れるし〜、なんて言いつつ全力出すやつ

4　昏い言葉のあかり灯して泳ぎゆくあなたは深海の通訳者

5　ボトルシップの底に小さな海がある　語彙がないから恋になるだけ

②テーマ詠「人類が滅んだあと、一人生き残った推し」

※テーマ詠については一八二頁参照

6　墓場から銃を鳴らせよ手始めに月を斬るからよく見ておけよ

7　通信機の錆びたつまみをでたらめに、「こちらは霙」と低く呟く

8　ひび割れたｉPhone８で方舟の乗船予約をキャンセルする日

9　月かげに奥歯が軋む　無限の（ホリゾント）空朽ちし舞台の上にあがれば

10　聞き分けのいい子だったら死んでたよ　世界の終わりを今から見てくる

某月某日、推し短歌会が開催された。オタク歴（オタク度）も歌歴もバラバラな参加者たち。果たして、それぞれどんな思いで、どんな推し短歌を詠んできたのか——

※歌会の場での自歌自註は要注意とお伝えしましたが（二二五頁）、今回は企画趣旨をわかりやすいものにするため、作者解題後、盛大に自歌自註を繰り広げております。

榊原　皆様、歌会にお越しいただき、ありがとうございます。司会を務める榊原紘です。今日は「推し短歌会、やってみた」ということで、皆さんに作ってきていただいた短歌を、歌稿（二二一頁）にしてお配りしております。

皆さんにはお題を設けて二首を作っていただきました。

一首目は題詠「海」です。必ず「海」という言葉を詠み込んだうえで、推しのことを短歌にする、というお題です。二首目はテーマ詠「人類が滅んだあと、一人生き残った推し」です。このシチュエーションで自由に発想して作ってきていただきました。

歌会の最初は、どの歌がどの作者によるものなのかが伏せられています。そしてどんな推しのことを歌にしたのかも不明です。

通常の歌会では作者不明の状態で「この歌がいいと思う」と各人が票を入れ、歌に順位をつけていく形式のものもあるのですが、今回はナシでいきます！

歌を順番に読んで、評（解釈）をワイワイ話しましょう。まずは皆さん、自己紹介から始めましょうか。

まずは自己紹介

もぐもぐ　こんにちは。劇団雌猫のもぐもぐです。数年前にアイドル短歌を作ってブログに上げていたこともあったんですが、普段から親しんでいるわけではなく、今回はかなり久しぶりに短歌を作りました。オタクとしては三次元中心で、女性アイドルも男性アイドルも大好き。宝塚歌劇団も好きなのですが、コロナによる休演があると休日のスケジュールや楽しみが左右されて切ないです……。しっかり歌会に参加するのは今回が初めてです！　よろしくお願いします。

ひらりさ　劇団雌猫のひらりさです。私も、もぐもぐさんと一緒にアイドル短歌サークルをやったのが、短歌を詠む初体験でした。それから時は流れ、去年ぐらいから短歌ブームに乗って真剣に短歌をつくるように。新聞歌壇に出したり、文フリで歌集出したりしました。

オタクとしては現在、クラシックバレエ鑑賞にハマっています。でも、これまで、商業ボーイズラブ、百合、韓国映画と本当に色々目移りしてきたので、今回どの推しについての歌を詠むかは本当に悩みました。

睦月　初めまして、歌人の睦月都です。歌歴は十二年くらい、榊原さんとはもともと短歌つながりでお友達です。歌会にも積極的に出ているほうで、自分でも「神保町歌会」という歌会を主催しています。

　私はこれまでの人生でいわゆる「推し」がいたことがなく、自分にはオタクの才能がないと思っていたのですが、三年前に初めて宝塚歌劇団の公演を見て心を撃ち抜かれまして……！　今では某トップスターさんの大ファンです。本当は今日この歌会のあとも観劇予定だったのですがコロナで中止になってしまい、先程もぐもぐさんと休演の悲しみを分かち合っていました。推し短歌を作るのは初めてで、期待半ば不安半ばみたいな感じです。よろしくお願いいたします。

M　『推し短歌入門』編集のMと申します。短歌歴はほぼありません！

　推し遍歴で言うと、三次元なら高校一年生のときにクリープハイプの尾崎世界観さんを好きになったのが最初です。二次元で好きになる傾向にあるのは、強さと成熟を兼ね備えたキャラ。あとは、道徳的だったり律儀にルールを守っていたり、「大人の責任を果たす」的な描写があるキャラを好きになることが多いです。緊張していますが、楽しみです！

榊原　歌人の榊原です。歌歴は十一年目ぐらいです。Ｍさんにならって推しの傾向を言うと、人のことを人とも思わない殺人鬼タイプか、ものすごく人を尊重する強い人かという両極端です。基本は二次元中心ですが、最近はVTuberさんも推しています。
　これまで第一歌集『悪友』でも、自分が好きな漫画や映画をもとに短歌を作ってきました。この方法は自分の中ではごく自然なことだったので、「推し短歌」という概念として皆さんと共有できること、驚きと共に嬉しさがあります。今日は楽しくやりましょう。

題詠「海」、評の時間

榊原　お題の一つ目は、題詠「海」です。推しのことを考えながら、「海」を詠み込んだ歌を作ってきていただきました。歌稿（二三六～二三七頁）の、1～5と番号を振っている歌をご覧ください。

　まず評をする方を私が当てるので、その当てられた方は「披講」をしてください。歌を読み上げることです。今回は歌を二回読み上げてください。その後に、「自分はこの歌からこんなことを考えました」というふうに「評」をしていただきます。あとは各人好きに喋っていただくという形式です。

　では一首目は榊原から評をします。（1の歌を二回読み上げる）

いくたびも生まれ変わっても海沿いのシルバー人材センターで会う

題の「海」を「海沿いの」で使っています。二句目「生まれ変わっても」と四句目「シルバー人材」が八音の字余りですが、そんなに気になりません。意味がすっと取りやすい歌です。

まず思ったのは、「何回転生しても、人生の後半にならないと会えないんだ！」ということです。シルバー人材センターは少なくとも若い人が来る場所ではないでしょう。この二人、主体と対象は、お互いの若い頃の姿を知らずに人生後半までを別々に歩む、でも再会への希望を胸に抱いて生きていける。そんなふうに読みました。皆さんどうでしょう。

M 「いくたびも／生まれ変わっても／海沿いの」が、全部母音が「o」で終わるせいかリズムがよくて、すっと内容が入ってくる気がします。「生まれ変わっても海沿いの」で「う」で始まるところも綺麗。

睦月 そうですね。榊原さんが「希望」とおっしゃっていましたが、確かにこの歌からは吹き抜けたような爽快感や明るさを感じます。

韻律の話もその通りですね。上の句は「も」「も」「の」と、「o」音が続く抑え気味のトーン。そこに下の句の「シルバー人材センター」という伸びやかな音が入り、音の感じも下句で一気に広がります。この韻律が効いて吹き抜けた印象になっているのかも。
　映画のワンシーンのような、すごくいい歌だと思います。「生まれ変わり」って変にやると軽くなってしまったり、逆にすごく大げさになってしまったりと、扱いが難しいですが、「シルバー人材センター」という現実的なワードが出てきたことによってバランスがとれています。

榊原　では2に行きましょう。睦月さんお願いします。

睦月　はい。（2の歌を二回読み上げる）

飴色の霧の流れに背を向ける　君の海馬が眠れるように

　上の句は実景で、霧が流れています。霧は普通は白と表現されることが多いですがここでは「飴色」で、夜の霧に街灯が当たっているような光景が浮かびました。飴色というとちょっと粘度があったりとか、甘そうなにおいがしたりといった質感も伝わってきます。
　下の句では題詠の「海」の処理として「海馬」、すなわち記憶をつかさどる脳の一部を意味する言葉を持ってきています。面白い処理ですね。「君の海馬が眠れるように」は、「君」に語りかけるような、心の中の独り言でもあるような響きです。「君が眠れるように」とは違うんですよね。君が抱えている重い記憶をほんの束の間でも忘れさせてあげたい、ということではないでしょうか。

ひらりさ　たしかに、「君」には重い過去がありそう。霧の流れがあって、そこに背を向けるようなシチュエーション、なんだろう？　時間的な対比も感じます。

榊原　睦月さんの読みの通り、主体には「君」の記憶に休息を与えられたらという思いがあり、そのための行動が「霧の流れに背を向ける」だと思います。近づいていくのではなく、距離を取るという関わり方をしているのが、この関係性のいいところです。ただ、「背を向ける」という言葉には「反駁する」という意味もあるので、やや意味がとりづらい言葉選びではありますね。

　では、3に行きたいと思います。Mさんお願いします。

M　はい、行きます。（3の歌を二回読み上げる）

海にがて～暑いし焼けるし疲れるし～、なんて言いつつ全力出すやつ

「愛せるな！」というのが率直な感想です。この波の伸ばし棒（〜）を使ってるところに、推しの飄々としたキャラクターが現れていると思います。

下の句の「なんて言いつつ全力出すやつ」。この主体は、推し（対象）と距離は近いんだけれども、一対一の濃密な関係性よりかは、周りに何人かいる感じを受けます。「あいつってそういうやつで」って言うときって、周りに人がいる場面が多い気がするので。そして、何に全力出してるんだろう。ものすごい勢いでバタフライをしている気がします。

睦月　上の句は伸ばし棒が入って音数は、五七五ではなく六八六ですが、字余りはさほど気になりません。定型の厳密さよりも、推しの口調をリアルに再現することをとったんだな、とわかります。Mさんが「愛せる」とおっしゃってましたけど、私もそう感じました。どこかギャルっぽいというか。詠まれている対象のキャラがぱっとわかってそれが愛せるって、かなり強いですね。

ひらりさ　何に全力出してるのかな？　ビーチバレーとか？

榊原　ロケとかかも。「ちょっと泳いでみてよ」って無茶振りとかされちゃって。

では4に行きましょう。もぐもぐさん、お願いします。

もぐもぐ　はい！（4の短歌を二回読み上げる）

昏い言葉のあかり灯して泳ぎゆくあなたは深海の通訳者

深海を漂う心細さが伝わります。でも、海の情景なのに言葉と通訳というワードがあるから、単純な海の話ではないいんだろうな。実際何を思い描いて書いたのか聞いてみたいです。上の句の「昏い言葉の／あかり灯して／泳ぎゆく」は七七五だと思うんですけど、下の句の句切れは、どうとればいいんでしょうか？

榊原　下の句は「あなたはしんか／いの通訳者」で句跨りじゃないでしょうか。新しいリズムが生まれる、という句跨りの良さが出ていますね。

歌全体としては、やはり言葉のやり取り、コミュニケーションの話だと受け取りました。深海ってなかなか気軽にはやっぱり行けない場所、行くにしても装備が必要ですし、通信の音声も乱れそうなイメージがあります。句跨りによる独特のリズムが、通訳者としての「あなた」のやっていることの困難さを表現するのを助けていると思いました。

一般的な「暗い」ではなく、「黄昏」のほうの「昏い」なのが効いていると思います。単なる光量における暗さというより、もう少し深い意味合いがありそうです。
　では題詠の最後、ひらりささんお願いします。

ひらりさ　では読みます。（5の短歌を二回読み上げる）

ボトルシップの底に小さな海がある　語彙がないから恋になるだけ

「ボトルシップの／底に小さな／海がある」で上の句が七七五で、少し変わった音数です。下の句は「語彙がないから／恋になるだけ」できちっと収まっています。初句だけの字余り、小気味いいバランスだなと思いました。
　上の句からはちょっとロマンティックな夏の思い出という印象を受けたんですが、後半はぐっとシビアなことを言っていてギャップを感じました。シビアでありながら「語彙」と「恋」のかけ方が楽しいですよね。個人的にはこの気持ちめっちゃわかる。他に持っている選択肢が頭の中に少ないから、恋になってしまう。

睦月　上の句の「ボトルシップの底に小さな海がある」、着眼点が素晴らしいです。かなりミクロな実景を描いてそこにほんのり感情を仮託しておくことで、その後の下の句における感情が無理なく載ってくるような構成です。

ボトルシップは、ボトルの中に船を組み立てるという無理のある作りものですよね。「船」も「海」も通常は広い世界を象徴する言葉ですが、ここでは「ボトルの外には行けない」という閉塞感があります。でも同時に精巧に手間をかけて作られたものであるので、ここで表現される感情がとても大切なものであることも感じさせます。巧みです。

「語彙がないから恋になるだけ」も効いてますね。普通に読めば恋の歌なのですが、この歌が推し短歌会に出てきたことによって、別の意味合いが生まれて、推しへの語彙力を失ったオタクの姿とも重なってきます。

題詠「海」、作者解題

榊原　では題詠「海」、作者解題に移りたいと思います。1の作者の方、挙手をお願いします。

いくたびも生まれ変わっても海沿いのシルバー人材センターで会う

ひらりさ　はい。わたしです！

まずは「シルバー人材センター」を詠み込みたいという気持ちがありました。現在住んでいる土地、住民たちが「うちのお父さんがシルバーでね」「シルバーで会った○○さんがね」と、やたら話しているんですよ。それでわたしの中では「元気な老人＝シルバー人材センターに行く」というイメージが生まれました（笑）。そこから「若くして別れた二人のうち片方が、年老いてから元気に再会することを決意する」というシチュエーションを思いついたんです。

推しとしては『少女革命ウテナ』のウテナとアンシーのつもりです。学園という箱庭で出会った二人ですが、片方がいなくなり、もう片方が探しに行くという結末で終わります。今回はその二人の二次創作的に、同じ時を一緒に過ごすという形ではなく、それぞれの人生を生き抜いた後で、笑顔で会ってほしいというイメージを込めました。海沿いなのは単にわたしの好みです。

もぐもぐ　ウテナの寓話的な世界観と、シルバー人材センターが全然結びつかないから、改めてそう思って読むと面白い！

榊原　ありがとうございます。では2の作者の方。

飴色の霧の流れに背を向ける　君の海馬が眠れるように

M　私です。謎解きゲーム『レイトン教授と最後の時間旅行』のレイトン教授のことを考えて作りました。小学生の頃ずっとDSでやっていて、プレイ時間がすごいのを親に咎められたとき、謎に恥ずかしくなったんですよ。今思うと、かなりリア恋に近い状態で推していたということです。（3DSとレイトン教授シリーズのソフトを取り出す）

レイトン教授、すごく素朴な見た目なのですが、紳士的なんですよね。行く先々で当然のように善行を積み、謎を解いていく。道徳的で折目正しいのが良い。

睦月　すごい、自己紹介の伏線を回収した。

M　レイトンはクレアという物理学者の恋人を失っているんです。教授への昇進祝いに、クレアからシルクハットをもらい「紳士はこういうものを被っておくんだよ」と言われるのですが、まさにその日、彼女は大学の悪い研究者に未完成のタイムマシーンに乗せられ還らぬ人となります。以来レイトンは、彼女の言葉を守り続けているんです。そんな悲しい記憶を抱えた脳で、謎解きやらをしていると思うとあまりに切なくて……。

今回はレイトンと別の時空へ向かうことになった、クレアの目線で作ってみました。

ひらりさ　「海馬」というのが、とても大事なモチーフだったんですね。

榊原　では3の方。

　　海にがて～暑いし焼けるし疲れるし～、なんて言いつつ全力出すやつ

もぐもぐ　これは元アイドルのA・Yちゃんをイメージしました！　今はコスメのプロデュースも手がける敏腕女社長の彼女、睦月さんがおっしゃってたように、ギャルなんです。一見クラスにいたら話せないようなキラキラな一軍女子……と思わせつつ、カラッと明るくて気さくでそのギャップが好きで。
　彼女がYouTubeで「アイドル時代は夏の砂浜で水着撮影って定番だったけど、プライベートで海とか行ったことない。インドア派だし日焼けしたくない！」と話していたのが、この子のこういうところすごく好きだなと個人的に刺さりまして。文句言いながらも行ったら超はしゃぐタイプだろうし、でも海から帰るってなれば車の助手席乗った瞬間ずっとスマホいじってそう（笑）。そんなギャルを描きたいなと思って作りました。

ひらりさ　もぐもぐさん、こういう人推しがちだよね！　なんとなくもぐもぐさんの

歌かなと思っていたけど、どの推しかわからなかった（笑）。

榊原　キャラクター表現として、やはり「〜」がかなり効いてると思います。では4の作者の方。

昏い言葉のあかり灯して泳ぎゆくあなたは深海の通訳者

睦月　睦月です。ありがとうございました。（おもむろにパンフレットを取り出す）この歌は私の推しである宝塚歌劇団の某トップスターの方をイメージして作りました。最近深海を舞台にしたショーをやっていて、推しがスペイン語で歌を歌う場面があるんですが、それがとても素敵で感動したのと、海の底で交わされる言葉が日本語だったりスペイン語だったりするのはなんだか面白いなと思って。推しは自分にとって「言葉の人」というイメージで、「通訳者」のごとく通じ合える言葉をいつも丁寧に探している人。英語も堪能で、宝塚に入る前は通訳者を目指していたというエピソードからこの言葉が出てきました。

ひらりさ　句跨りはギミックとして入れたんですか？

睦月　無意識でしたが、言われてみれば、深海のゆらめくような感じを韻律で出そうとしてたのかもしれません。深海が元々好きなんです。深海に住む生き物って発光器官を持つものがすごく多くて、「あかり灯して」はそのイメージ。他にアトランティス（海底都市）の話や映画など、いろんなところからイメージを引いてきています。

榊原　五首目は榊原でした。

ボトルシップの底に小さな海がある　語彙がないから恋になるだけ

皆さん、絶賛ロングラン公開中（※歌会当時）、井上雄彦先生自らが監督を務める大傑作、『THE FIRST SLAM DUNK』は、既にご覧いただけたでしょうか？

ひらりさ　布教し慣れている！

榊原　今回は映画の主人公、宮城リョータのことを思って作りました。まず上の句から思いつきました。子供の頃からボトルシップが好きなんです。睦月さんのおっしゃっていた通りすごく無理のある作り物で、ボトルの中にある小さな海はあくまで偽物の海で、大海に繋がっているわけでもない。

宮城リョータは、他のメンバーから頼られている自分像を、本当の自分ではないと思っているんですよ。「俺はいつも尻込みばかりで、緊張しい」だと自分で痛いほどわかりながら、それでも虚勢を張って勝負に出ている。でもそれは決して、宮城リョータが本当は意気地なしだという話ではないんですよね。緊張に押しつぶされそうになりながら、虚勢を張っているのが、いつしか本当の実力、本当の姿になっていく。「あなたが偽物だと思ってるその海、ちゃんとあなたの、本当の海なんだよ！」って言いたいです。

睦月　下の句は榊原さんの目線なんですか？

榊原　「恋になるだけ」は、宮城を推す私の気持ちでもありますし、実は作中のあるシーンに影響を受けています。私的すぎる解釈なので、詳細を語るのは控えます。

テーマ詠「人類が滅んだあと、一人生き残った推し」、評の時間

榊原　次はテーマ詠です。「人類が滅んだあと、一人生き残った推し」というちょっと特殊なシチュエーションで詠んでもらいました。では6の歌、もぐもぐさん披講と評をお願いします。

もぐもぐ　はい！（6の歌を二回読み上げる）

墓場から銃を鳴らせよ手始めに月を斬るからよく見ておけよ

「墓場から銃を鳴らせよ」がのっけから荒々しいです。「墓場から」とあるように死んでる人に対して呼びかけているのでしょうか。そして下の句でぐっとファンタジックになりますね。「手始めに月を斬る」が特徴的。

ひらりさ　死んでしまった誰かに対して、生き残った推しが、何か闘いの始まりを告げている。幕末の志士を思い浮かべたのですが、テーマ詠のシチュエーションを考えたときに、戊辰戦争のような現実の闘いをモチーフにしているわけではないんですよね。人類がもういないわけなので、一人弔い合戦のような感じでしょうか。

睦月　「手始めに」斬るものが月なのだから、スケールが大きいです。死んだ相手とはバディだったのか、ライバル関係だったのか。俺はこうしているから、生き返ってみろよ、みたいな屈折した執着心が感じられます。物語性がありますね。

榊原　7の歌に行こうと思います。ではMさん。

M　はい。（7の歌を二回読み上げる）

通信機の錆びたつまみをでたらめに、「こちらは霙」と低く呟く

上の句に通信機というアイテムが入っているので、どこかに自分以外の命がいるはずだという希望にすがる主体の姿が浮かびます。ただ、「でたらめに」なのでどこか投げやりな感じも受けます。下の句からは、通信機で誰かとメッセージをやり取りすることに慣れていた人なのかもと思いました。バディ的な存在がいたのでしょうか。

もぐもぐ　これ、みぞれって読むんですね。雪と雨の間。世界の終わりの天気はみぞれなのか。妙に説得力はある。

睦月　「雨」でも「曇り」でもなく「霙」なのが引っかかりますね。短歌は短いので、一つの歌に積載できる情報量がかなり限られています。そもそも今回はテーマ自体が特殊で情報量が多く、どうしても重たい歌になってしまうという状況で、「霙」という特殊な天気を持ってくることでさらに意味が付加されてしまうわけですが、ここにこだわりがあるのかを聞いてみたいです。何か元になるイメージがあるのかな。

榊原　では8、睦月さんお願いします。

睦月　はい。（8の歌を二回読み上げる）

ひび割れたiPhone8で方舟の乗船予約をキャンセルする日

「方舟」は聖書のノアの方舟のイメージで、大洪水で世界が滅んでしまうんだけど、方舟に乗り込んだものたちだけは生き延びることができる。主体はそれをキャンセルしているので、世界と一緒に滅びていくことを選択しているわけですが、そこに悲壮感がないのは、「iPhone8で方舟予約できちゃうんだ、というか方舟に予約システムあるんだ」というユーモラスな世界観が構築されているからだと思います。「ひび割れた」という言葉と、滅びゆく世界とのイメージの重ね合わせはどこか幻想的ですが、それがiPhoneのひび割れとなるととても日常的です。SF要素を担うのは「方舟」のみですね。

榊原　iPhone8というのも、今時ちょっと古いくらいですよね。これがiPhone20だったらかなり未来感があるんですが。

睦月　一つ気になったのは、「キャンセルする日」の「日」という結句の処理です。こうするとキャンセルした感情自体がフィーチャーされず、淡々としたイベントの記述という印象になりますが、抑制が効きすぎてる気も。

榊原　では9の歌、読みます。（9の歌を二回読み上げる）

月かげに奥歯が軋む無限の空（ホリゾント）　朽ちし舞台の上にあがれば

「無限の空」にホリゾントというルビが振られています。ホリゾントというのは舞台の奥に張られる、背景を投影するための幕だそうです。「無限の空」を表現するためにあって、語源はドイツ語のHorizont（地平線）とのこと。この人は舞台の関係者だったのでしょうか。

「奥歯が軋む」のはどのような感情なのでしょう。ダイレクトに読むと、「月かげ」、つまり月明かりを浴びて奥歯を軋ませていることになります。しかし意味合いとしては、一字空け後の「舞台の上にあがれば」のほうが強そうな気がします。主体はもともと舞台に関わる人で、たとえ朽ちた舞台の上であっても、そこに立てば込み上げる気持ちがあって、奥歯を軋ませている。そんなふうに解釈できそうです。

そして「朽ちし」が時間の経過を感じさせます。すでに、荒廃した世界をかなり長い間一人で生きている感じがしました。文語を使っていることによって世界観が補強されていて、この歌自体が「人類が滅んだ後一人生き残った」という設定の一幕の舞台のような、巧みな歌だと思います。

もぐもぐ　ホリゾントって必殺技のような響き。ルビの入れ方もかっこいいです。

榊原　では最後、ひらりささんお願いします。

ひらりさ　はい。（10の歌を二回読み上げる）

聞き分けのいい子だったら死んでたよ　世界の終わりを今から見てくる

上の句の「聞き分けの／いい子だったら／死んでたよ」がきっちり五七五、下の句の「世界の終わりを／今から見てくる」は八八で字余りです。「聞き分けのいい子だったら死んでたよ」というのはつまり、「自分は言うことを聞かない人間なので生き残っている」という意味で、6の歌と同じ一人語りのような形式だと解釈しました。

ただ、こちらの歌では主体の情報はあまりわかりませんね。ちょっとエヴァのカヲルくんみたいな得体の知れなさがあります。

M　下の句は「世界の終わりを今から見てくる」ですが、まだ見てないっていうことは、今まで何をしていたのか気になりました。コールドスリープでもしていたのか……？短歌が切り取った瞬間そのものより、その前の時間に思いが引っ張られました。

榊原　確かに、すでにシーズン2が始まってる感がありますよね。

テーマ詠「人類が滅んだあと、一人生き残った推し」、作者解題

榊原　6の作者の方。

墓場から銃を鳴らせよ手始めに月を斬るからよく見ておけよ

M　はい。私でした。昔からルパン一味の中では五ェ門が一番好きです。悟り澄ましたような感じに見せておきながら、案外取り乱しがちなのが良くて。アニメの好きなエピソードの中で、ルパンが死んだと思い込んだ五ェ門が、取り乱して号泣しながらその辺にある木を大量に薙ぎ倒しているシーンがあって、そこから発想しました。五ェ門だったら人類の滅亡そのものよりも、一味が死んだことを受け入れられないのではないかと思います。評のときに一人弔い合戦とおっしゃってくださった方がいまし

たが、まさにそんな感じです。

睦月　月のイメージはどこから来たんですか？

M　斬鉄剣はわりとなんでも斬れてしまうので、月くらい大きく行ったほうが絵が浮かぶと思いました。『ルパン三世vs名探偵コナン　THE MOVIE』のOPでは月を斬ってましたし。

榊原　7の歌は、榊原作でした。

通信機の錆びたつまみをでたらめに、「こちらは霙」と低く呟く

推し短歌会でこんなことを言うのもアレなんですけど、特定の推しはいません。特定の推しではなく、シチュエーションを想像して作りました。これは人類が滅んでからだいぶ経っている設定です。もう誰もいないって本当はわかっていても、それでも誰かと何か繋がるかもしれないという、最後の可能性を信じて行動を起こす人が好きなんです。霙にしたのは、たとえば雨だと結果がはっきりしすぎてしまう感じがあったからです。

あとイメージとしては、表情があまり読めない人。『ワールドトリガー』の風間蒼也さんのようなキャラクターですね。

では８の作者の方！

ひび割れたiPhone8で方舟の乗船予約をキャンセルする日

ひらりさ　わたしでした。推しは先ほどと同じ、『少女革命ウテナ』のウテナとアンシーです。現代パロが好きなので、iPhone8というアイテムを入れてみました。そして実際、使ってます。（iPhone8を取り出す）

方舟は雌雄で乗るもので、その対象にアンシーが選ばれているんです。ウテナとまた会えるかどうかもわからないけれど、どうせ一緒に乗れない方舟だから、自分の意志でキャンセルする。そんなシチュエーションですね。

自分なりにユーモアを込めたので、そこを拾っていただけて嬉しかったです。文末の処理の仕方についてのご指摘は盲点でした。結構やりがちです。

榊原　９の方。

月かげに奥歯が軋む無限の空(ホリゾント)　朽ちし舞台の上にあがれば

睦月　９の作者は睦月です。ありがとうございました。

　これも題詠と同じ推しで、宝塚の某トップスターさんのイメージです。テーマ詠のお題をいただいたとき、「推しをそんなひどい目にあわせるなんて！」という気持ちと、「でもこの推し、そんな退廃的な雰囲気も似合うんだよな……」という業の深いオタクの気持ちのはざまでのたうち回りながら作りました。

　これ自体が舞台の一幕、というふうに評をしていただいたのが嬉しかったです。作者としても、半分ぐらいは「こういう設定の舞台」というややメタ的な解釈で作りました。

　奥歯が軋む、は推しが時々する表情から。推しに限らず、男役さんって「しまったな、さてどう切り抜けるか」というような窮地に瀕した場面を演じるとき、舌をちょっと奥歯のほうに動かして、片頬を歪ませるような表情をすることがあって。あれが良いんですよね……。

榊原　では最後、10の方。

聞き分けのいい子だったら死んでたよ　世界の終わりを今から見てくる

もぐもぐ　またまた三次元、某男性アイドルグループのＳ・Ｓくんです。端正な顔立ちもあって、聞き分けがよさそうな「いい子」なイメージを受けるんですが、内に強い信念や意志を秘めている人なんですよね。若くしてデビューして、納得できないことや悔しいこともたくさんあったと思うのですが、そこで泣き寝入るんじゃなくて「いつか見てろよ」とふつふつと闘志を燃やしていたんだろうな、と想像させる強さがある。

今回はそんな彼をテーマのシチュエーションに置いてみた、二次創作的な歌です。「聞き分けのいい子だったら死んでたよ」は、これまで他者から受けてきた評価を思い出しながら、独り言をこぼすようなイメージです。こういう退廃的なイメージも似合う気もして……エヴァのカオルくんと言われて確かに！と思いました（笑）。

終会

榊原　全ての歌の評と解題が終わりました！　皆さんおつかれさまでした。

M　テーマ詠ではシチュエーションがかなり限定的なのでは？と思っていたのですが、蓋を開けてみれば、メタ設定にする人、そもそも特定の推しを置いていない人、色々なパターンが見られて楽しかったです。あと、推しを知ってから読むと二度楽しい！

ひらりさ　推しを詠むのでも、どこにフォーカスするかが違って面白いですね。

睦月　歌人でも普段やらないような作り方なので新鮮でした。難しい！

もぐもぐ　そして意外にも、誰がどれの作者なのかわからなかったです。

榊原　9はホリゾントのルビの振り方、文語の旧かなを見て、睦月さんだろうとは思いましたが（笑）面白い歌ばかりでしたね。

短歌ビギナーのためのブックガイド

短歌の本は……高い！（否、賃金が低い!!）なるべく安く、たくさん情報収集をしたい方向けのブックガイドです。図書館を利用するのもおすすめです。

①小高賢編著『現代短歌の鑑賞１０１』（新書館）
②小高賢編著『現代の歌人１４０』（新書館）

①は明治時代から、各歌人の歌が三十首ずつまとまっています。②は①より少し時代が進んだものです。いずれもそれほど厚くない本ですが、情報がかなり凝縮されています。腰を据えてどっぷり浸かりたい人におすすめです。

③山田航編著『桜前線開架宣言　Born after 1970 現代短歌日本代表』（左右社）

穂村弘さん以降の歌人のアンソロジーです。短歌を読み始めたけど、好きな歌人がまだ見つかっていないという人も、ここから入ってみてください。

④瀬戸夏子編著『はつなつみずうみ分光器　after 2000 現代短歌クロニクル』（左右社）

二〇〇〇年以降の歌集について知ることができます。歌集単位で読む面白さをぜひ味わってください。

⑤穂村弘『短歌ください』シリーズ（KADOKAWA）

『ダ・ヴィンチ』の投稿企画に寄せられた歌を、穂村弘さんが選出・講評しているシリーズです。歌もさることながら、穂村さんの評にたくさんの発見があります。

⑥東直子『短歌の時間』（春陽堂書店）

雑誌『公募ガイド』で六年半掲載された連載が書籍化されたものです。作歌のヒントになる百十八首を含むエッセイ五十四篇なども収録されています。

⑦『現代短歌パスポート1　シュガーしらしら号』（書肆侃侃房）

十人の十五首連作が読めます。最近短歌を始めた人、現代短歌に興味を持っている人に特におすすめです。

意外と中古がある

短歌関係の本は、最近では重版の報せもよく聞きますが、すぐ絶版になります。詩歌に強い書店さんもたくさんありますし、古本屋、ウェブサイト「日本の古本屋」、「ヤフオク!」、「メルカリ」を探してみましょう。版元に連絡をとると案外在庫があることもあるので、どうしても欲しい本があった場合は勇気を出してみてください。

また、国会図書館や近隣の図書館を利用してみてください。

新品を、正規の方法で買ってくださった・買う予定の方へ

何かを始めたり、続けたりするためには先立つものがなければなりません。立ち読みをしたり、図書館を利用したりするというのは本との出会いにおいてとても重要なシーンです。人と本を貸し借りするのも楽しく、嬉しいものです。けれど、もし正規の方法で、新品を買ってくださった方がいましたら、本当に嬉しいです。ありがとうございます。そういった方がいてこそ、本というものがこの世に在ることができます。

おわりに

みなさん、いかがでしたか？　この本を初めて開いたときよりも、「短歌って面白い」だとか「推しへの解像度が上がった気がする」と思っていただけたら嬉しいです。

一人のオタクとして、この本を何かに夢中になれるオタクの方々のために書いてきました。それと同時に、一人の歌人として、短歌の世界がもっと新しくもっと面白くなるようにと、短歌の世界の暗黙の了解や、時として細かすぎる説明を加えました。それによって、今までにない短歌の入門書になったのではないかなと思います。

原稿を書く間、Vtuber・ゲーム実況者の方々の配信や、「QuizKnock と学ぼう」チャンネルの「勉強 LIVE」にはとても助けていただきました。mocri やオフラインで話をしてくれた友人たちにも深く感謝しています。

素晴らしい歌を作り、そして引用させてくださった歌人の皆さま。

慣れない歌会でたくさん発言してくださり、オタクの私が大喜びする帯コメントをくださった劇団雌猫のひらりささんともぐもぐさん。あの歌会の直後、『ＴＨＥ ＦＩＲＳＴ ＳＬＡＭ ＤＵＮＫ』を観てくれた最高の歌人の睦月都さん。

細やかな技術を駆使して美しくこの本を仕上げてくださった川谷デザインの川谷康久さん、趙葵花さん。「「推し」をめぐる人たちに、いろんな属性の人がいるということを示したい」という私の意向を素晴らしい形にしてくださり、謎の挿絵（五一頁）まで描いてくださった田沼朝さん。

テーマ上、もっと人を煽るタイプの本にもできたと思いますが、私の気持ちを汲み取ってくださり、なおかつ情熱をもって編集にあたってくださった担当のＭさん。

そして、この本を読んでくださった皆さま。

ありがとうございました！

榊原紘

榊原紘（さかきばら・ひろ）
1992年愛知県生まれ、奈良県在住。第2回笹井宏之賞大賞受賞、第31回歌壇賞次席。2020年8月に第一歌集『悪友』、2023年8月に第二歌集『koro』を刊行。短詩集団「砕氷船」の一員。

推し短歌入門

2023年11月10日　第1刷発行
2023年11月20日　第2刷発行

著者　榊原紘
発行者　小柳学
発行所　株式会社左右社
東京都渋谷区千駄ヶ谷3-55-12
ヴィラパルテノンB1
https://sayusha.com/
TEL　03-5786-6030
FAX　03-5786-6032
印刷所　創栄図書印刷株式会社
装画・挿絵　田沼朝
装丁　川谷デザイン（川谷康久＋趙葵花）

ISBN　978-4-86528-400-3